誘春

Tamaki Yoshida
吉田珠姫

CHARADE BUNKO

Illustration

笠井あゆみ

CONTENTS

誘春

I

尻《しり》の中の陰茎は、随分《ずいぶん》前から硬さを失っていた。

そんなことはわかっていたが、曾我暁《そがあきら》はいつまでも男に跨《また》がり続けていた。

銜《くわ》え込んでいれば、また張り詰めてくるかもしれない。

三月になったばかりの日曜だった。

だが爽《さわ》やかなはずの春の香りは、部屋のどこにもない。一日中締めきった室内には、息苦しいほど濃厚な性臭だけが充満していた。

「なぁ暁ぁ。いいかげん勘弁してくれよぉ」

下になっていた男が、哀《あわ》れっぽい声を出した。

「頼むよぉ。飯、食いっぱぐれちまう。もうなんも出やしねぇよ」

男の言葉など聞こえないふりをする。

さっきから同じことばかり言って、うるさい奴だ。

目にかかる前髪を、首を後ろに振って払い除《の》けながら、暁は身体を肉食獣のようにしならせた。そのままさらに腰を回す。

上下運動は、もう駄目だ。幾度も射精しているペニスは、すぐさま抜け落ちてしまう。せっかく尻に銜え込んだ獲物を逃がしたくはない。

男が低く呻《うめ》く。快感の声ではなく、苦痛の声だろう。

「やめろって。痛ぇよ」

実際のところ、暁のSEXは獣が獲物を喰《く》い荒らす様《さま》に酷似していた。最初はおとなしく男に組み敷かれていても、最後は必ず上に跨がり、相手の樹液を絞り尽くすまで激しく腰を振るのが常だった。

春だからいけないんだ、と思う。

一年に一度きりの、大事な日が近づいてくる。

自分の誕生日だ。

暁はもともと大変なSEX好きだったが、毎年誕生日頃から身体が異様なほど火照《ほて》ってくる。それから初夏あたりまでは、抑えがたいほどの渇望感に苦しめられる。盛りの花の香りなどを嗅《か》ぐと、人前でも叫び出したくなる。体内に、際限なく精を欲しがる餓鬼《がき》でも巣食っているのではないかと、我ながら疑いを抱いてしまうくらいだ。

「あきらってば、おい、聞こえてんのかぁ」

下から伸びてきた手に腰の動きを止められた暁は、蔑《さげす》む目つきで下の男を見やる。

「へえ。山際《やまぎわ》先輩は、おれより夕飯のほうに気がいってたんだ。随分と失礼な人だね」

男はとたんに口籠《くちご》もる。

「そういうわけじゃ、ねぇ、けど」

「じゃあ、どういうわけだよ」

声にあからさまな怒りが含まれていたのだろう。山際はおどおどと応《こた》えた。

「絡むなよ。また少し経《た》ってなら勃《た》つかもしんねえし」

「いいよ、別に。無理してくれなくても」

不貞腐《ふてくさ》れた口調で言い捨て、ベッドサイドの時計に目をやる。寮の夕食時間は八時までだ。時計の針は七時四十五分を指している。

夕飯などはどうでもいいが、八時からは、絶対に観《み》たいテレビ番組がある。寮のテレビは談話室にしか置いていないのだ。

しかたないな。このへんで解放してやるか。

独《ひと》りごちて腰を上げる。

肛門を穿《うが》っていた肉茎が、白濁を纏《まと》いつかせて抜けていく。すでに収縮を始めていたそれは、皺《しわ》だらけの貧相な物体と成り果てて、男の濡《ぬ》れた陰毛の中に、くたりと崩れ落ちた。

暁は侮蔑《ぶべつ》の視線を投げつけた。

「情けないの」

山際は言い訳を吐く。

「そ、そう言うなよ。今日は朝からやりっぱなしだったろ。何回ヤッたかわかんねえぞ」

「一日くらいで駄目になるから、情けないって言ってんじゃないか」

無茶を言っているのは十分承知していた。山際の性欲は十代の男として至極真っ当なものだ。異常なのは自分のほうだ。

色情症《ニンフォマニア》などという言葉がもし男にも当てはまるものならば、自分は間違いなくそれに違いない。

暁は物心のつく前から、男の精液に激しい執着があった。

街を歩けば、常に視線が男の股間《こかん》へと飛んだ。あの人はどのくらいの量を出すのだろうか、あちらの人は濃いのをたくさん出しそうだと、勃起《ぼっき》した性器から溢《あふ》れ出す新鮮な精液を想像した。それを思う存分飲み干すことを想像した。

口でも、尻でもいい。溢れるほど注ぎ込んでもらいたいと、ランドセルを背負っていた頃から、そんなことばかりを考えていた。

その暗くおぞましい妄想は、実際に男と性交するようになってもやまなかった。かえって悪化しているようだった。

一度ならず悩んだものだ。

実は男の精液には常習性があるのではないか。一定量以上を摂取すると麻薬のように肉体や精神を蝕《むしば》み始めるのではないか。そうでなければ、なぜいつも自分は飢えていなければならないのか。

誰と寝ていても、気持ちの一部が冷めている。我を忘れてしまうような快美感が得られない。射精をすることすら稀《まれ》だ。なのに男の精液を求めて、次から次へとSEXの相手を探してしまう。

なぜ十代の自分が、そんな苦しみを抱えなければならないのか。

ベッドから下りると、山際はがっしりとした体軀《たいく》を丸め、暁の視線から性器を隠すように、大急ぎで服を身につけ始めた。

嗤《わら》ってやろうと思ったが、不快感のほうが強かった。

(汚らしい男)

身体だけは鍛えてあっても、顔が醜い。品性というものがない。たしか父親は国会議員のはずだが、その父親も踏み潰《つぶ》したゴリラのような顔をしていた。顔も身体つきも、山際はあの下品なじじいにそっくりだ。

いや、と思い直す。どんなに上品な男でも、性行為の後、背中を丸めて下着を穿《は》く際のみじめったらしさは、大差ないだろう。

性交後の男たちのそういう姿を見る都度、暁は思い知らされる。

本当は、すべての答えはわかっている。

どの男も代用品でしかない。

真実欲しいのは、昔から、たった一人だ。その人の精を得ることができないからこそ、自分は苦しまねばならないのだ。

男の背に再度侮蔑の視線を投げつけ、暁もベッドを下りた。

時間がない。自分も支度をしなければいけない。

まだ雄《おす》になりきっていない身体の線を誇るように、大きくひとつ伸びをする。

しなやかに伸びた脚の内腿《うちもも》を、樹液が流れ落ちていく。

そばの机に片足を上げ、指先で樹液を拭《ぬぐ》った。その指をためらいもなく口に持っていき、舐《な》め取る。

暁の舌には、精液は甘く感じられる。

どんな男も、これだけは裏切らない。まるで蜜《みつ》のようだ。

動物の雌《めす》が体内で作り出すもうひとつの白濁液、一般的には乳と呼ばれるものがあれほど人に好まれ、牛のものなどは、バターやチーズ、ヨーグルト、飲み物やら菓子やら、さまざまな食品に加工されるほどなのだから、雄の作る白濁液を好む人間がいてもおかしくはない、とも思うが、どちらにしても十代の少年が人と会話できる内容ではなく、暁は誰のコンセンサスも得てはいない。

「あきらぁ、俺、先行ってるぞ」

服を身につけ終わった山際は、がさつな類人猿のような足音をたてて部屋を出ていった。

ドアのほうを一瞥《いちべつ》しただけで、暁は悠然と服に袖《そで》を通し始めた。

私立O学園は、N県の山中にある。全寮制の男子校である。

一般的には、たぶん名も存在も知られてはいない。

高い塀に囲まれた広大な敷地内に、海外から移築したという煉瓦《れんが》造りの校舎と寮が、木々に埋《う》もれるように建っている。

この学園は、基本的には幼稚部から大学院までということになってはいるが、特別な寄付をすれば零歳《ぜろ》児でも受け入れてくれる。そして出たくなければ、院生という形でいつまでも居残ることができる。現在、最年長の者は六十歳を超えているという話だ。あくまでも噂《うわさ》の域を出ない話ではあるが。

生徒たちは、ほとんどが政治家や芸能人の子弟。妾腹《しょうふく》の子やヤクザの子などという者も少なからず混ざっている。

O学園高等部の生徒数は、現在六十三名。それぞれの保護者が莫大な寄付をしているため、すべての生徒にトイレ、シャワーつきの豪華な個室が与えられている。

寮は、幼稚部、初等部、高等部、大学部の四棟ある。

室内温水プール、スポーツジム、図書室、遊戯ゲーム室、食堂、浴場、売店等、さまざまな施設がある。その充実ぶりは、そこらのホテル以上だ。

無論、学園内の施設も素晴らしい。子供たちに最高級の環境を与えようと、金に糸目をつけず作ったのがよくわかる。

　にもかかわらず、パソコンや携帯、スマートフォン等、通信機器の使用だけは固く禁じられているのだ。

　持ち込みが見つかれば即刻退学だ。電話は、寮の管理人室にあるだけ。テレビですら、個別には与えられず、しかも地上波のみの視聴しか許されていない。

　要するに、便宜上『学園』の名はついているが、実質は子供たちを生命の危険やマスコミ攻勢から守る、または人前に出したくないような子を秘かに閉じ込めておく、端的に言ってしまえば世間からの隔離を目的とした場所なのだった。

　暁はジーンズに薄いシャツを羽織っただけで、自室を出た。

　廊下の壁には、一目見ただけで高価だと察せられる絵画が何枚もかけられている。

　きっとどこの親も、子供たちの情操教育のためだと言って寄付してきたのだろうが、その行動を起こさせた感情の名称が、『愛情』ではなく、一般的には『罪悪感』と呼ばれるものであることは、生徒なら誰でもわかっていた。

　食堂に足を踏み入れるやいなや、待ちかねたような声がかかった。

「暁、なにやってたんだよ」

「食いもん、なくなっちまうだろ」

　それでも、親どもにどのような思惑があるにしろ、生徒たちは檻《おり》の中の生活を楽しむしかないのだ。ここにしか生きる場所がない者たちばかりなのだから。

暁は笑いながら、手を合わせ拝む動作をした。

「ごめぇん。でもみんな優しいから、いつもちゃんとおれの分まで取っといてくれるじゃない」

図星を指されたクラスメートたちは、互いに顔を見合わせて赤面した。

暁のような容姿の者は、男子校の中では特別な意味を持っている。

女の代わりさ、などと悪し様《あざま》に罵る者もいたが、そういう奴ほど、一度暁に微笑《ほほえ》まれただけで掌《てのひら》を返したように懐いてきた。

「ベッドに入るまでは天使みたいだったのに」

肉体関係を持った人間たちは必ず同じ言葉を吐いて驚くが、暁にとって『天使』の顔は父の名誉を傷つけないためにつけている仮面のようなものであって、実際の自分は母方の血を色濃く受け継いだ、非常に魔的な生き物だと思っていた。

厨房《ちゆうぼう》の前まで行き、トレーにお情け程度のシチューとパンだけを載せてくる。

テーブルに着くと、とうに食べ終わっていたクラスメートたちが苦笑混じりに覗《のぞ》き込む。

「あいかわらず小食だな。肉とかサラダはいいのか」

「うん。っていうか」

口籠もると、仲間は笑って後を継いだ。

「旨《うま》くないよな、そりゃ暁にとっちゃ。毎日寮母さんのメシ食わされるのは、けっこう苦痛だろ」

暁も笑いを浮かべて肯定する。暁の父、曾我清明《きよあき》は、名前を言えば誰でも顔を思い出せるほどの、有名な料理人だからだ。寮母と呼ばれる腕のいい女性コックたちがいくら腕を振るってくれても、曾我清明の料理には敵《かな》うはずもない。

だがそれだけの理由ではなく、実際に食が細いのもたしかだった。母親からも『あんたは赤ん坊の頃からミルクを飲まない子だった』と聞かされていた。そのせいで背が伸びないのかもしれないが、今さらミルクを飲んでも食事を増やしてもそれほど伸びはしないだろうから、無理はしないことにしている。

食堂にいたのは、十人ほど。暁は、にこやかに尋ねてやった。

「ねえ、みんな。食べ終わってるのに、どうしてジムとかプールに行ってなかったの。ゲームしてても、テレビ観ててもよかったのに」

居残っていたクラスメートたちは、ばつが悪そうに顔を見合わせ、それぞれもごもごと言い訳を吐く。

「おまえ、一人で食うんじゃ味気ないと思って」

「今日は、遊ぶ気分でもなかったし」

「あ、ああ。ここで話してるほうが楽しいしな」

もちろん、訊《き》いたのはただのからかいだ。

残っているのは、あからさまに暁を狙《ねら》っている、または、盲目的に暁を信奉している者たち。

ほんとは、おれの顔が見たかったんだろ、と言ってせせら嗤ってやってもいいが、そんなことをしても彼らの態度は変わらないだろう。

暁は、この学園内で特別な存在だからだ。

食欲と睡眠欲と性欲。三大欲求とは、よく言ったものだ。ゲームセンターさながら、何十台ものゲーム機が設置されている遊戯室も、スカッシュやら卓球やら、たくさんの室内運動ができ、最新のマシンが取り揃《そろ》えられているスポーツジムも、ほとんど役には立たなかった。

結局、生徒たちの一番の関心は、『性的な方面』へと向かってしまうのだから。

つまらない。なにもかもが。

息をするだけでも窮屈だ。

世界に、色がない。暁の目に映る世界は、白と黒と灰色だけでできているようだ。

視覚に問題があるのではなく、たぶん精神がそう見せている。

檻の中というものは、その檻がどれほど大きくても、立派でも、拘束されているという、ただその一点だけで、すでに『苦痛』なのだ。入れられたことのない人間には想像もできないのだろうが。

どうにも食欲が湧《わ》かず、スプーンの先で冷めたシチューをつついていた暁だが、ふと、壁の時計に目をやった。

「あ、いけない。もう八時だ」

「テレビ、観るのか」

トレーを持ち、慌てて立ち上がる。

「うん。残り、談話室のほうで食べるから」

「ああ。じゃあ俺たちも行くよ」

ぼうっと暁の食事を眺めていた仲間たちは、後に続くように、次々と腰を上げる。

暁と二人きりならば、どの者も間違いなく誘ってきたはずだが、各々《おのおの》が牽制《けんせい》し合っているような状況ではそれも叶《かな》わなかったらしい。

先にドアへ向かいかけた暁は、振り返り、はにかんだ表情を作った。

「みんな、いつも時間の最後まで待っててくれてありがと。明日から、なるべく早く来るようにするよ」

甘えた口調で言い、舌先を出して見せると、全員の顔に照れ臭そうな笑みが浮かぶ。

今の言葉を貰《もら》えただけで、待っていた甲斐《かい》があったのだろう。

少々意地悪く思う。

（どいつもこいつも、『今夜のオナニーのおかずシーンは決定』、って顔だな）

女の代わりだろうがなんだろうが、雄は本質的に守る存在を必要とする。雄ばかりのこういう場所では、いないからこそ、誰かがその役を担わなければならないのだと、暁はそう理解していた。

強者であることが雄としての絶対条件である以上、それを際立たせるための弱者もまた、彼らにとっては絶対に必要なのだ。

談話室に入ると、まっすぐにいつもの席へと進む。

寮では、生徒間の争いを避けるため、各チャンネル一台ずつのテレビが据え置かれている。間仕切りで仕切られ、それぞれソファーが置かれているのだが、暁の陣取ったのはＮＨＫ教育を映すテレビ前だ。

当然そんな席に人などいない。ほとんどの生徒は、民放のバラエティー番組のテレビ前で笑っていた。

外部の情報を仕入れる貴重な窓口である『テレビ』を、生徒たちは非常に愛していた。ある意味、微笑ましい光景だろう。年頃の少年たちがここまでテレビに夢中になっている姿など、今の日本では滅多に見られないはずだ。

誰もいないのをいいことに、暁は広いソファーの真ん中に陣取った。

小さく膝《ひざ》を抱え、シチューなどテーブルの上に放りっぱなしで画面に見入りだした。

目当ての番組、『本日の料理』は始まったばかりだった。

明るいテーマミュージックとタイトルロールの後、助手と司会者を従えた曾我清明が現われた。

特別プロ風の格好はせず、長めの髪を後ろで束ね、エプロンをかけている。

画面上に父の姿を認めたとたん、暁の心臓は跳ね上がった。

自分の親ながら、あれほど綺麗《きれい》な人はいないと思う。外見だけでなく内面も、父親ほど美しい人を暁は知らなかった。

清明は都内で料理学校を開いている。和洋中ひと通りをこなす料理人として、テレビでも週に二回の料理番組を任されている。料理本も頻繁に出している。

料理の腕はもちろんたしかだが、なによりその人当たりのよさと長身瘦軀《そうく》の美青年的風貌《ふうぼう》が世の奥様方に受けて、今では講演会の依頼なども多い。各地でひっぱりだこの人気者だ。

スタジオに設《しつら》えられた調理台の前で、にこやかに材料の説明を始めた清明は、十代の息子がいるとは思えないほど若々しい。

年齢も実際に三十二なのだから、暁から見れば父というより兄に近いくらいだ。

今日は魚の料理らしく、台の上には見事な鱸《すずき》が載っている。

司会の女性が媚《こ》びを含んだ声で言う。

『曾我先生、本当においしそうなお料理ができそうですね。出来上がりが楽しみです』

清明は、男性にしては繊細すぎるような手を布巾《ふきん》で拭いながら応える。

『はい。とてもおいしいですよ。この料理はうちの息子も大好物なんです』

清明の息子自慢は業界でも有名らしく、司会の女性も茶目っ気たっぷりな表情で話題を振る。

『そういえば、先生の出される本の表紙は、いつも、息子さんとご一緒の写真ですね。お父様に似て、大変可愛《かわい》らしい方ですよね』

とたんに清明は満面の笑顔となった。

『そうかなぁ。顔は、僕よりも母親に似ていると思うんですけどね。でも、ほんとに、天使みたいに可愛いですよ』

そうして、急にカメラ目線になって手を振った。

『暁くーん、観てるかな。パパ、お仕事頑張ってるからねー』

画面越し、手を振られた暁のほうは、嬉《うれ》しさ半分、苦笑半分というところだ。

親馬鹿丸出しのことをして恥ずかしいと思うのだが、彼のああいう無邪気なところが奥様方に受けているのだから、誰にとっても害にはならないだろうとも思う。

天使というものがこの世に本当に存在するのなら、自分などではなく、父親こそがその呼び名にふさわしいと暁は常々考えていた。

一緒に暮らしていた頃も今も、暁は明るい性格の父が大好きだった。

父は、どんな子供っぽい遊びでも、一緒に楽しんでくれた。悩み事があれば、子供の視線になって共に悩んでくれた。一緒に風呂に入り、身体を洗い、抱き締めて眠ってくれた。どの友達のお父さんも、あんなに素敵な人ではなかった。

暁は父を非常に好いていたが、清明の方も、一人息子を目の中に入れても痛くない様子で溺愛《できあい》した。

彼の目には息子がいつまでも幼児に見えているらしく、口移しで物を食べさせたり頬《ほお》ずりをしたりなどという、まるで赤ん坊にするような行為を人前でも平気でした。

暁にとって、父は人生のすべてだった。

一生、父のそばで暮らしたいと願っていた。

だが父子の蜜月は、暁が十のときに、両親の離婚という形で終止符を打った。

今でも、あの日々を思い出すと胸が痛む。

両親が別れなければ、母親がもう少しましな人間であったなら、こんなふうに父と離れ離れになどならなくてすんだのに、と思う反面、今の自分の異様な性癖を大好きな父に見せなくてすんだのだからと、母に感謝する気持ちも多少はある。

暁は人にわからないように溜息《ためいき》をついた。

なんにしても、父とはもう一緒に暮らせないのだ。

別れた後、裁判で暁の親権を勝ち取ったのは母親のほうであるし、その母という人間が、結局は、父子の仲のよさを一番憎んでいるのだから。

「いつもの料理番組か、暁」

背中から誰かが声をかけてきた。

暁の父が料理関係者だということは、学園内では周知の事実だ。ほかにも親が芸能人の生徒は多い。そういう生徒が親の出ているテレビ番組に見入っている姿は、ここでは別段驚く光景ではなかった。

「終わったらでいいから、部屋、来ないか」

耳許《みみもと》で囁《ささや》かれた声の主を、振り返って確かめる。

「なんだ。島田《しまだ》先輩か」

男は苦笑する。

「なんだ、ってことは同じ台詞《せりふ》を言う奴が何人もいるってことだな」

つん、とそっぽを向く。

「そういう意地悪言うんなら行かないけど」

「悪かったよ。久しぶりだろ。やろうぜ」

どこからか視線を感じて目をやると、談話室の隅から山際が悋気《りんき》の籠る瞳《ひとみ》でこちらを見ていた。

不快になったが、構うことはない。自分を満足させられないあいつが悪いのだ。別に恋人同士というわけでもなし、山際に義理立てする必要などない。顔からいったら、島田のほうがよほど好みだ。

暁は薄い笑いでうなずく。

「いいよ」

甘えた声で聞こえよがしに言う。

「たっぷりしてくれるなら」

すでに寮内の人間、半分以上と関係を持っている。教師とも、数人肌を合わせた。暁にしてみれば、精液を出す生き物なら人間でなくてもかまわないくらいなのだ。

それでも、淫奔《いんぽん》と呼んでもいいほどの行状にもかかわらず、暁は人に好かれていた。

複数の人間と性交渉を持っているとわかっていても、みな暁と恋人同士になりたがり、暁の歓心を買おうと躍起になった。

父親譲りの無邪気な微笑みは、見る者の毒気を抜くには大変効果的なようだった。

「おーい。今週分の手紙だぞー」

談話室のドアが荒々しく開いた。寮長が声を張り上げながら入ってきた。

「配るから、みんな集まれー」

テレビに見入っていた生徒たちは一斉に立ち上がった。

「おお、そっか」

「日曜か、今日は」

ざわざわと寮長のまわりを取り囲む。

緊急時以外、電話もメールも、一切の連絡が許されていない寮内では、手紙は唯一の外部との接触媒体だ。生徒たちも週に一度の楽しみとして心待ちにしている。

暁も急いで立ち上がった。

もうすぐ、自分の誕生日なのだ。

一年間待ち焦がれた、父からのあの手紙が届いているかもしれない。

寮長は、寮生一人一人の名前を呼号《こごう》しながら手紙を配った。

「曾我暁様、っと。じゃあ、暁は今週八通な」

渡された数を訝《いぶか》しく思い、裏返して差出人を見た。

一人息子べったりの清明は、日々の報告でもするように毎日手紙を書いてよこすが、そうすると毎回届くのは七通になるのだ。

「いいなー、暁は。いつも手紙が多くて」

手紙など何週間も届いていない島田が、暁の手元を覗き込んできた。

「すげえよな、おまえの父親。普通、手紙ったって、一枚か二枚、『元気か』って書いてくるくらいだぜ。うちの親なんか、それすらも送ってきやしねえ」

大げさに肩をすくめ、さらに覗き込み、

「今回はお母さんからも来てるじゃないか」

その言葉どおり、手紙の一通の裏に愛川《あいかわ》リリーの名を認め、暁は露骨に眉《まゆ》をひそめた。自分をこんな山奥の学園に押し込めている張本人が、いったいなんの用があるのか。名前を見るたび腹が立つ。

暁の苛立《いらだ》ちにまるで気づかない様子で、島田は鼻をクンクンいわせた。

「すっげ～。手紙からもいい匂《にお》いがする。さっすが女優だよなー」

ムッとして言い返した。

「なにが女優だよ、あんな奴」

暁の母親であるリリーは、今でこそ一端《いっぱし》の女優のような顔をして芸能界にいるが、元々は場末のストリッパーだ。

彼女の名前や容姿は、米兵の私生児だという出自で、許せもする。

だがテレビで、楚々《そそ》とした良家の奥様や、頭脳明晰《めいせき》な女医などを演じている姿を見ると、それが役の上のこととわかっていても憤りを覚えずにはいられない。家庭でのリリーは、家事一切を清明に任せ、自分では掃除機ひとつかけたことのない、すべてにおいて怠惰な女だったからだ。

異様に突き出た胸と尻。蜂《はち》や蟻《あり》を思わせるくびれたウエスト。

酒と煙草《たばこ》と脂粉《しふん》の匂い。

表でどれほど着飾ろうとも、にこやかに笑っていようとも、家に一歩入れば、下着姿になってだらだらとそのへんに寝転がった。下着でも、着ていればまだましなほうで、暑い日や風呂上がりなどは、乳房も陰部も隠さずに、全裸で大股《おおまた》を拡《ひろ》げた。そのうえ、恥ずかしげもなく股間をまさぐった。

当然室内は常に不潔な陰毛が浮遊する有様となり、食事に紛れ込んできたことも一度や二度ではなかった。

父は、幼い我が子のために神経質なほど掃除を繰り返したが、やったそばから母が傍若無人に歩き回るのだ。虚《むな》しいイタチごっこだった。

人生の最初にああいう女を見てしまったことで、暁は一生女を愛せないだろうという諦観《ていかん》を抱いていた。

清明があの女の膣《ちつ》に樹液を注ぎ込まなければ自分は産まれてこなかったのだと、頭では理解していても、心がどうしても拒絶反応を起こしてしまう。

「いらない。こんなの。先輩、欲しいならあげる」

島田の胸に手紙を突きつけると、暁は談話室から出ていこうとした。

慌てたような声がかかる。

「おい、暁、どこ行くんだよ、俺の部屋に来る約束だろ」

振り返りもしないで応える。

「やめる。気分悪くなった」

「暁、おいっ、ちょっと待てよ」

追いすがってくる島田など無視して、さっさと自室に戻った。

机の上に、七通の封筒を綺麗に並べてみる。

しばらく見入ってしまった。

今回は、一年間待ち望んだ手紙が必ず入っているはずだ。急いで読んでしまっては勿体《もったい》ない。

存分に眺めた後、儀式のようにゆっくり鋏《はさみ》を入れ、封を開ける。

『可愛い僕の暁くんへ』

手紙の書き出しは毎回違う。

『僕の愛する天使へ』

『世界で一番いとしい、僕のきみへ』

他人が読んだらなんと薄気味の悪い父親だろうと身を震わすだろうが、書いているのが曾我清明だとわかった瞬間、全員が笑い出すだろう。清明にはそういう、なにをしても憎めないような不思議な魅力があった。

中身のほうは毎度同じ、日々の出来事が延々と書き綴《つづ》られている。写真なども同封されている。清明は手紙だけではなく、写真を撮り、声を吹き込み、一緒に送ってくるのだ。なので離れて暮らすようになってからも、暁は父の日常のほとんどを掌握していた。

『暁くん。逢《あ》いたいです。きみに逢いたい』

『早く逢ってきみを抱き締めたい。一緒に眠りたい』

恋文のような文面の最後に、待ち望んでいた一文を見つけた。

『今年も無事に休みが取れました。園長先生からの許可もいただきました。誕生日の前の夜、迎えに行きます』

胸が震えた。

らしくない抑えた文面が、かえって清明の気持ちを端的に表していた。父もまた、自分と逢える日を待ち望んでいるのだろう。

父の仕事が年々忙しくなっているのは知っていた。テレビ出演だけではなく、料理学校の講師役もこなさなくてはいけない。日本全国、各地で行われる講演会や、料理本の仕事もある。その過密スケジュールを調整するのは至難の業《わざ》だと思うが、清明は暁の誕生日だけはどんなことをしても時間を空けてくれた。

そもそも、裁判で父が親権を勝ち取っていれば問題はなにもなかったのだ。

けれど日本では、夫婦が別れた場合、その子供の親権は十中八九母方に行ってしまう。Ω学園のような、牢獄《ろうごく》じみた場所に閉じ籠めてしまうことも、母親ならば簡単だ。

そうして、引き離された父と子は、逢うためにいくつものハードルを飛び越えなければならない。

　父と逢えるのは、年に一回だけ。母とは数回会う機会があるが、父とは本当に、たった一度しか、逢えないのだ。

　不意に、おずおずと叩《たた》いているようなノックの音が室内に響いた。

「あきらぁ。なあ、いるんだろ」

　山際の声だ。

「入っていいだろ。な、謝るからさ」

　暁は無視する。

　どうせ返事をしなくとも、奴は勝手に入ってくる。寮の部屋には鍵《かぎ》などついていないのだから。

　案の定、ドアの隙間《すきま》から滑り込んだ山際は、後ろから暁に抱きついてきた。

「ごめんな。謝るからさ。ほかの奴となんかするなよ」

　暑苦しい男だ。暁は冷たく言い放つ。

「謝ってもらっても仕方ないけど」

「ん、んじゃあ、さ、すぐ尻に入れてやっからさ。そしたら、ご機嫌直るだろ、な」

　鼻息も荒く、背後からベルトに手を伸ばしてくる。

　暁は、その手をぴしゃりと払い落とす。

「見てわかんないかな。おれ今、手紙読んでんだけど」

「わかるけど。わかるけど、さ」

首筋に蛭《ひる》のような唇を張りつかせ、手は忙《せわ》しなく暁の股間をまさぐりだす。

見かけだけではなく中身まで類人猿だな、こいつは。と不快な気分で思う。

けれど、テレビで父の姿を見て、今こうして父の手紙を読んで、また身体が疼《うず》いてしまっている。

父のあの細い指で、魚を捌《さば》くように調理されたい。愛撫《あいぶ》にも似た包丁捌きで、身体の内部を蹂躙《じゅうりん》されたい。

だが、そんなことは永久に夢でしかない。

自分たちは同性同士、さらには血の繋《つな》がった親子なのだ。

ならば、こんな奴でもかまわない。今すぐ尻を犯してくれるならば、誰でもいい。

暁は首だけ振り返り、鼻にかかった声を出してやった。

「じゃあ、入れて。手紙読んでるから。後ろから犯すみたいに、して」

椅子《いす》から立ち、机に腕を突っ張り、尻を後ろに突き出した。

おまえの顔なんか見たくもない。やりたいのなら、さっさと脱がせて、さっさと突っ込め、という意味だ。

卑屈な態度で山際は暁のベルトを外しにかかる。

「あ、ああ。待ってろ、すぐ、に」

そういえば、母親もよくこうやって見知らぬ男に抱かれていたと、暁は思い出した。
あれは、淫乱《いんらん》と性悪を絵に描いたような女だった。

清明と結婚している間も、不特定多数の男と関係を持っていた。リリーは誰かに見られることが大好きだった様子で、浮気相手を家に連れ込み、わざと暁に見せつけるように性交を行なった。

実際の年齢は聞いたことがないが、清明よりも何歳か年上だという。だから、年下の夫との性生活に不満があったのかもしれないが、たぶんそれだけが理由ではないはずだ。

いつだったか、『あたし、若い頃、てっとり早く金を稼ぐために、温泉街で『まないたショー』をやってたのよ。わかるかしら。人前でSEXすることよ。処女も、そのショーで客に売っちゃったわ』と鼻高々で自慢していたから、あの女はきっとそれで、観客に見られる快感を覚えてしまったのだろう。

そんなおぞましい場面を息子に見せながらリリーは、『パパに言いつけたら殴るからね』と脅す。

しかし、言いつける、などということが、暁にできるはずもなかった。

事実を知れば、優しく清らかな父は嘆き悲しむだろうし、それよりなにより、子供にとっては、母のあの洞窟《どうくつ》のような女陰が、ひどく恐ろしいものだったのだ。

『ここからあんたが産まれたのよ。ほら、見てみなさいよ。懐かしいでしょう』と、母はよく笑いながら脚を開き、指で陰唇をくつろげて内部を見せつけたが、あんな恐ろしい穴を身体の内部に抱えたまま生活している『女』という生き物が、暁には化け物のように見えていた。

指を抜き差しすると、ぬるぬるとした液体が出てくる。

『女のここが濡れるのはね、男のちんこを迎え入れる準備よ』

誇らしげに言うリリーの言い方が、無性に気持ち悪かった。

そして、陰門に突き刺さる、男の張り詰めた棒も、子供の恐怖心を煽《あお》るには恰好《かっこう》の道具だった。

汗を飛び散らせ、はぁはぁと浅ましい息を吐き、母と間男たちはSEXを繰り返した。

棒を差し込まれ、ぐちゅぐちゅと、おぞましく鳴る穴。

母にのしかかった男は阿呆《あほう》のように腰を動かし、棒を抜き差しする。布団といわず、絨《じゅう》毯《たん》といわず、汚い汁を垂らしまくり、そして、部屋の隅に座らせておいた暁に向かって、二人で嗤うのだ。歯を剝《む》き出して。醜い化け物のつがいのように。

両手で耳を塞《ふさ》ぎ、必死に目を閉じていようとするが、それすらも許さない。結合部分を見ろと、いずれはあんたもやることなんだから、早いうちから勉強させてやってるのよ。ありがたいと思いなさいと、ふざけた言い訳を吐きながら、リリーは男との生臭い性行為を見せつけた。

あんなことを、大好きな父に告げ口できるわけがない。

「ほ、ほら、な、暁。今、入れてやるからさ」

類人猿は後ろから覆い被《かぶ》さってくる。双臀《そうでん》に、硬い棒が当たる。

それなのに今、自分は母と同じことをしている。

昼間散々ペニスを銜え込んでいた孔《あな》は、ぬるんっと雄の棒を丸呑《まるの》みしてしまう。

「あっ、くっ」

暁は背を反らし、衝撃に耐えた。

慣れていても、この瞬間だけはきつい。だが、それがいい。狭い場所をこじ開けられる感覚が最高なのだ。

「な、き、気持ちいいだろ」

挿入されただけで総毛立っている。ぽっかりと空いた心の隙間が、ほんの一瞬だけ満たされる。

「う、ん」

尻を穿たれるこの快感も、いったいいつ覚えたことなのか、記憶にすら残っていない。

少なくともこの学園に入ってからだとは思うが、誰のペニスが一番最初に自分の肛孔《こうこう》を貫いたのだか、暁は覚えていなかった。

いったい何人のペニスを銜え込んだかも、記憶にない。

自分はやはり母に似ている。

男の精がなくては生きていけない、下品で薄汚い生き物だ。

腰を摑《つか》まれ、激しく突き入れられる。

ずちゅずちゅという粘膜のたてる心地《ここち》よい音を聞きながら、暁は再び父親からの手紙に視線を落とした。

「なっ、な、いいだろ。暁、俺のが一番いいだろ。なっ」

しつこく尋ねる山際など無視する。

返事などしてやる必要もない。いいも悪いも、朝からの性交で、尻の中は痺《しび》れたようになっている。快感など皆無に近い。

ペニスを勃起させてきたことだけは褒めてやってもいいが、もうあまり硬さもない。暁の好きな精液も、ほとんど出せないだろう。

（やっぱり後で島田先輩の部屋に行こう）

たぶん、山際だけでは我慢できない。島田で足りなければ、ほかの者を誘ってもいい。なにしろここは雄の巣窟だ。精液を出す生き物だけが暮らす場所だ。

今日は、爛《ただ》れるほどＳＥＸがしたかった。

今日ならば、自分も射精ができるかもしれない。

2

それは、二人だけの秘密の儀式だった。

記憶の中の清明は、ゲームやキャッチボールも好きだったが、暁を赤ちゃんに見立てる遊びが、一番好きだった。

自身が孤児として育ったせいか、清明にとって自分の赤ん坊というのはかけがえのない愛情の対象らしかった。

日曜の朝、眠っている暁を、子供部屋のベッドまで起こしにくる。

頬にチュッとキスを落とし、

「暁くん。リリーさん、撮影に出掛けたよ。今日は帰らないって」

この言葉を囁くときの清明の声は、ひどく甘く、幸せそうだった。

「今日は二人っきりで過ごせるよ。さあ、早くおっきして。おむつしたげるから」

そうして襁褓《おしめ》を当てられた姿で、暁は一日を清明の膝の上で過ごすのだ。赤ん坊、そのままに。

十の年に無理やり引き離されなければ、父はいつまで赤ちゃんごっこを続けてくれたのだろう。

愛する人に排泄物《はいせつぶつ》を見られ、陰部を清められ、口移しで食物を与えられ、だっこされて子守歌を歌ってもらう。

いい子だね。可愛いね。愛してるよ、暁くん。

繰り返し囁かれ、繰り返しキスされた。

あれからまだ数年しか経っていない。

つい数年前までは、年に数十回、あの幸福な時間を過ごせたのだ。

パパ。

世間を知るにつれ、強《し》いて口には出さないよう努力してきたが、今でも心の中ではそう呼ぶ。

パパ。ちゅう、して。だっこして。

ぼくのおちんちん、さわって。

数年前まで当たり前のように口にできた言葉が、喉《のど》の奥で凝《こご》っている。

父の手紙を見てから、身体の疼きは耐えがたいものとなった。

生徒数の少ないＯ学園高等部では、各学年一クラスずつしかないが、山際も島田も上の学年だ。欲しいときすぐには、呼び出せない。

しかたなしに暁は、クラスメートを誘った。

休み時間になる。相手の机の前まで行き、視線を合わせる。そのままトイレや、校舎裏まで歩けば、相手は夢遊病者のようにフラフラとついてくる。あとは、軽く微笑んでみせるだけでいい。

どうせ性に飢えた生徒たちは、挿入後すぐに射精するのだ。時間はかからない。

それは教師も同様だった。

暁のあからさまな言動を咎《とが》めることもなく、視線を合わせただけで言いなりになった。

雄というのはなんと単純な生き物なのかと思う。

「せんせ、ぼく」

甘えた声を出し、潤んだ瞳で見上げてやる。

昼休みの図書館には、かなりの人数がいる。他校は知らないが、ここではそうだ。マンガなどを数多く置いてあるせいだろうが、それだけではない。読書室は扉つきの個室なので、カップルがその中でイチャつくのだ。寮まで戻ればそれぞれ自室があるが、学園内では図書室が格好の逢引きスポットだった。

O学園には複数の同性愛カップルが存在する。

男だけで隔離しておけば色恋沙汰《ざた》はなくなると思って、親どもはこういう施設を作ったのだろうが、年頃の少年たちの性欲を甘く見すぎだ。女がいなければ、作り出す。ペニスを入れられる穴は、膣だけではない。口も肛門もあるのだから。

司書の先生は、生真面目《きまじめ》と実直を絵に描いたような、五十がらみの痩《や》せた男だ。頭もかなり寂しくなりかけているが、暁にとってはどうでもいいことだ。

「ぼく、静かなところで、先生とお話したいってずっと思ってたんです」

「そ、それなら」

お話、がなにかなど、すでにわかっているのだろう。淫乱なΩ学園の『姫』が、ようやく自分に番を回してくれたのだと、司書の先生は浮かれたようだ。

すぐさま司書室に暁を連れ込み、鍵をかけた。

暁は淡々と思う。

（今日はこいつで三人目だな）

肛門の中にほかの男の体液を入れたままの暁に、どうして欲情できるのかわからないが、そういう意味では、男などというものは元来不潔にできているのかもしれない。

そうでなければ、輪姦《りんかん》などするわけがないではないか。

あれも、幾人かで一人の女、または男を犯すのだ。前の人間の精液でぐちゃぐちゃになっているその後に、自分のペニスを突っ込む。そのまた次の男も、構わず挿入する。

冷静に考えれば汚らしいかぎりだが、世界各地で毎分のようにレイプ事件は発生しているのだから、古今東西男の本質など変わらないのだろう。

「せんせ」

舌足らずに呼ぶだけで、司書は抱きついてきた。

「あんっ。駄目ぇ」

一応は拒絶するような素振りを見せてやる。

「急にしたらびっくりしちゃうよぅ」

司書はまったく聞いていない。

「い、いいのかな。こんなことして」

もうすっかりヤル気だ。鼻息が荒くなっている。

骨ばった腕を振りほどきながら、笑ってやる。

「どうして駄目だと思うの」

あなたは、すでに勃起しているというのに。邪魔者が入れないように、部屋の鍵もしっかりとかけているくせに。

「私は、教職の身だし」

案の定、どの教師も吐く言葉を口にする。だが、そう言っておいて、途中でやめた者など皆無なのだが。

あどけなさを装って、暁は首を傾《かし》げた。

「先生って、SEXしちゃいけないの。じゃあ、子供も作れないね。可哀想《かわいそう》だね」

馬鹿な男だ。世の中で『先生』と呼ばれる人間たちが好色であることくらい、誰もが知っている事実ではないか。

O学園では、生徒たちだけではなく、教師陣や職員も寮生活だ。あまりに山奥なため、通勤では無理なのだ。彼らが飢えているのは当然だ。

司書の胸にしなだれかかり、上目遣いで尋ねてやる。

「せんせ、やり方、知ってるかな。ぼく、男の子だけど、大丈夫かな」

泡でも噴きそうな勢いで返事をする。

「し、知っているに決まってるじゃないか」

「じゃあ、どうするの。言ってみて」

「そ、それは、お尻に、」

「どもってるよ。わからないならやめるけど」

「わかってるっ。わかってるさ、もちろんっ」

からかうのは面白いが、時間がない。早く挿入してもらわなければ昼休みが終わってしまう。次は放課後までSEXできないのだ。午後の授業の間、耐えるのは苦痛だ。

暁は自身のズボンのベルトを外し、司書の手を引いた。

「ね。じゃあ、いじって。ぼくの中、さわって」

ズボンも下着も、足元に落としてしまう。

肛門の中はもう熱を持ち、疼いている。

導くまでもなく、司書は暁の尻をまさぐりだした。骨ばった指を突き入れてくる。

「ぐちゅぐちゅだ。濡れてる」

感動したように嘆息混じりで言う、その胸に顔を寄せた。

薄い胸から動悸《どうき》が聞こえる。そうとう興奮しているようだ。

(さあ、どういう角度で入れさせるかな)

この男は慣れていない。自分が指示しなければいけないだろう。

てっとり早くバックから挿入させるか。それなら狙いも外さないだろうし、こちらも薄汚い男の顔を間近で見ずにすむ。

暁は司書の胸を押し返し、腕から出た。逃げてしまうのかと彼は焦ったように再び抱きついてこようとしたが、

「違うよ。前戯はもういいから、入れて」

壁に手を置き、腰を突き出す。つっけんどんに命じる。

「早く。時間がないよ」

「あ、ああ」

男どころか、もしかしたら女すら抱いたことがないのではないか。そう思うほど、のたくたと司書は準備に手間取った。暁はイライラしながら背後の気配を窺《うかが》っていた。

ようやく腰を摑まれ、挿入されたときは心底ホッとした。

（やっと、か）

司書の陰茎は、その手と同じように細長かった。暁の知っているかぎり、男のペニスの形状は『手』に表われているように思う。つまり、細く華奢《きゃしゃ》な手の男は、ペニスも細めで、大きく骨ばった手の男は、そのペニスも逞《たくま》しい。

（そう考えると、パパのは、とても繊細なんじゃないかな）

ぞくりと、身の内が震える。

パパの、あの器用で美しい手。きっと、ペニスも美しいことだろう。

暁を背後から犯しながら、ああっ、ああっ、ああっ、と司書は激しく喘《あえ》いだ。

こんなにいいなんてっ。こんなに凄《すご》いなんてっ。ああ、いいよ。きみは最高だっ。

それはそうだろう、と暁は薄く笑む。

（あなたが知らなかっただけだよ）

これだけ文明が発達し、心地よさや快感など追求され尽くしただろうに、それでも世界中の人間が『SEX』に夢中だ。

生き物にとって死が恐怖であるように、生殖は凄まじい快楽なのだ。きっと、そういうふうに脳に刻み込まれている。SEXをしなくなったら、その種は滅んでしまうからだ。

「ぼくのお尻、気持ちいいでしょ。もっとしたいでしょう」

「ああ、ああっ」

もう返事にさえなっていない。

「いっぱい動いて、たっぷり出して。ぼくの中に」

今日はあと一人くらいで終わりにしよう。

明日は、待ち望んだ日だ。

父と逢う日に、男の精液を直腸内に入れたままでは嫌だ。もし父に匂いでも勘づかれたらと思うと、ゾッとする。

（パパはとても敏感なんだから）

とても清らかで、穢《けが》れを知らない人なんだから。


当日は、授業などまったくと言っていいほど頭に入らなかった。

早々に寮に戻り、今か今かと父の到着を待つ。

夕方、警備室から連絡が入った。

自室のインターホンを取ると、

『曾我暁くん、お父様がお見えです』

上擦る声で応える。

「はいっ、すぐ行きますっ」

何時間も前から外出着に着替えて待っていた暁は、駆けるようにして面会者専用口へと急いだ。

翌日は平日である。学園の授業は当然ある。が、忙しい仕事を終えた後、山道を自ら車を走らせて来る清明を、咎められる人間はいなかった。

O学園にいるのはわけありの子ばかりなので、夜間に家族が訪ねてきても、警備員もことさら騒ぎ立てたりはしない。

面会室のドアの前で、暁は息を整えた。

この部屋の中に、『パパ』がいるのだ。

胸が高鳴る。涙が出そうだ。

(ようやく、ようやく、逢えるんだ)

一年は本当に長かった。よく耐え抜いたと自分でも感心するくらいだ。

だが、すべてはこれからだ。

芝居をしなければいけない。大好きなパパに嫌われないために。

震える手で、そうっとドアを開けると、

「暁くんっ」

椅子にも座らずウロウロしていた清明は、顔を輝かせて駆け寄ってきた。

「久しぶりだねっ。暁くんっ。ああ、ほんとに、久しぶりだ」

父は、上から下まで、蕩《とろ》けるような瞳で見つめる。

気恥ずかしくなって、暁は目をそらした。

逢いたくて逢いたくて夢にまで見た父にそんな目をされると、赤面してしまいそうだった。

父は、暁の頭のあたりを手で計り、

「背は、一年前とあんまり変わらないかな。一、二センチ伸びたくらいかな」

たしかに、暁の背は去年とほとんど変わっていなかった。父より頭ひとつ分は低い。今これだけ身長差があるのだから、たぶん成長期を終えても父を越すことはできないだろう。

「それにしても暁くん。あいかわらず可愛い、ね。ほんとに、どんどん、可愛くなってくみたいだ」

父は感極まったのか、手を伸ばし抱き締めようとした。その手を、暁は邪険に払い除けた。

「やめろよっ」

普段は絶対使わない汚い言葉を、わざと口にする。

「もうガキじゃねえんだから。ベタベタすんなよなっ。気色悪い」

「えっ」

「お、おれは、もうガキじゃねえって言ってんだよっ」

悄気《しょげ》るという言葉そのままに、清明はうなだれた。

「そうだね。ごめん」

いつまでも息子に天使の姿を見ている父に、自分の本性を知られたくない。そのために極々普通の少年を演じている。

「ごめんね。怒らないで。一年ぶりに逢えたから、パパ、はしゃいじゃって」

はしゃいでいるのは、暁も同じだ。同じどころか、泣き出してしまいたいほど、懐かしくて、嬉しい。だが、それを表情に出してはいけない。

後ろめたさを押し隠し、自問する。

(とくにおかしくはないよな。まわりの連中も、テレビに出てくる人も、みんなこういう喋《しゃべ》り方してるし)

随分とうまくできるようになったはずだ。

今風の言い回しも練習した。パパ、パパ、と甘えていた幼児も、成長とともに親離れを始めるものだ。ましてや息子が父親にいつまでも抱きついていては、世間に怪しまれる。父にとっても、いいことではないだろう。

車に乗り込むと、清明は気を取り直したように尋ねてきた。

「暁くん、おうちに帰ったら、何食べたいかな。パパ、腕を振るうよ」

おうちに帰ったら。と、父はいつも言う。

以前は父母と暁の親子三人で暮らしていた高層マンションの一室に、清明は今では一人で暮らしている。

一年にいっぺん、それも誕生日の日一日だけしかいられないマンションを、果たして『家』と呼ぶべきかどうか暁は悩むのだが、清明にとっては、あの場所こそが『自分たちの家』なのだろう。

「なんでもいい」

そっけなく、暁は応えた。

車中は父の匂いでいっぱいだった。クラクラしそうだった。

「食べたいもの、ないのかい」

「そうじゃなくて」

車は、街灯もない暗い山道を走っている。

学園の門のたてた、ギィィーっという重厚で嫌な軋《きし》み音が、いつまでも耳に残っている。

あれはまるで、刑務所の門だ。許可なくしては誰も入れないし、誰も出られない。

明後日《あさって》戻ってきたら、自分はまた三百六十四日を、あの門の中に閉じ籠められたまま過ごさなければいけない。

今は、仮釈放のようなものだ。浮かれてはいけないのだ。浮かれたら、後が辛《つら》い。次の一年が、耐えられなくなる。

暁は、暗い窓に映る自分の顔を見ながら、無愛想に呟《つぶや》いた。

「あんたの作るもんでマズイもんなんかねえ、って、そう言ってんだよ」

「暁くんっ」

嬉しそうな声とともに不意に手が伸びてきた。頭を抱き寄せられていた。当然、車体は安定を失ってガタガタと揺れた。

暁は手荒く父の手を撥《は》ね除けた。

「あ、危ないだろっ。前、ちゃんと見てろよ。ちゃんとハンドル握ってっ」

昔なら、こういうとき軽いキスくらい交わしただろうに。

今そんなことをしたら、親子のキスではすまなくなる。

清明のほうは今でも赤ん坊にするようにキスするだろうが、暁のほうは、もう無理だ。きっと舌を絡めてしまう。男慣れした淫靡《いんび》な姿を見せてしまう。

「ごめん。ごめんね、暁くん」

いつまでも少年のような父は、息子に怒られ、再び悄気た口調になってハンドルにしがみついた。

「わかってんなら、もうやるなよな」

「うん。やらないよ。運転に集中するから。怒らないで」

痛む胸を堪《こら》えて吐き捨て、黙る。

悪しざまに罵《ののし》るような言い方をしても、心の優しい父は決して怒らない。だからこそ、胸が痛い。

本当に、父が怒ったのは、記憶にあるかぎりたった一回だ。

『パパのお部屋には入っちゃダメだよ』

と、常日頃きつく言われていたのに、暁はふざけて入ってしまった。そのときだけだ。

『ダメだよ、暁くんっ。パパ、ここには入っちゃいけないって、あれほど言ってあったでしょうっ』

血相を変えて怒ったのだが、結局最後には暁を抱き締めてキスをしてくれた。

身体が疼いてきてしまった。

思い出の場面さえもが、身体を燃え上がらせる。あのときの、いつもと違う父の表情までもが、妖《あや》しく胸を騒がせる。

なぜなのだろうと思う。なぜ、これほど、呪《のろ》われたように、父が恋しいのか。

いつから自分は、実の父を見て、こういう感情を抱くようになったのだろう。

(赤ん坊の頃から、だよな)

自分の問いに頭の中で即答してしまい、暁は苦笑を噛《か》み殺した。

最初は母への憎しみの裏返しかと思っていたが、そんなことはない。よくよく考えてみれば、暁はリリーをそれほど嫌っているわけではなかった。馬鹿で怠惰な女だとは思うが、自分も似たようなものだ。

母とは年に数回会う機会があるが、一緒にいても苦痛な人間ではない。愉快ではないが、嫌でもない。かえって、好かれようと緊張しなくていいぶんだけ、父といるより楽かもしれない。

ただ、あの女は清明と寝た。その一点だけは、どうしても許せない。

清明は、昔も今も非常にもてた。なのに、身辺に一切女性の気配がない。

それはリリーと別れて独り身になってからも同じだった。雑誌などでは時折、『曾我清明さんに熱烈片思いしてます』などとほざく尻軽女の談話が載っているが、誰に迫られても、清明は歯牙《しが》にもかけないらしい。そう考えると、今でもリリーだけを愛しているのかと、いらぬ勘繰りをしたくもなる。

「なぁ、親父《おやじ》」

一瞬、自分が呼ばれたのに気づかない様子だったが、清明はすぐに応えた。

「なんだい、暁くん」

暁は、長い間尋ねてみたかった質問をした。

「あんたさ、なんであんな奴と結婚したの」

「あんな奴、って、リリーさんのことかい」

「決まってんだろ。ほかに誰かと結婚したのかよ、あんた」

間髪を容《い》れず、清明は言った。

「暁くんを産んでくれそうだったから」

あまりにきっぱりと言い切られて、暁は絶句した。

温厚な父がそんな言い方をするとは思っていなかったのだ。

驚きで、もう窓の外を見ている芝居などできなくなり、まじまじと父の横顔を眺めてしまった。

「パパ、こういうこと、あんまりちゃんと話したことなかったよね」

「う、ん」

つい、昔どおりの甘ったれた返事を返してしまう。

「リリーさんには悪いことをしたと思うけど。でもパパは、どうしても暁くんに逢いたかったから」

清明はハンドルを握りながら、淡々と話し出した。

「パパが孤児だったのは、知ってるよね、暁くん」

「うん」

「生まれたときから、家族がいなかったんだ。もちろん、親族とかの、血の繋がった人なんかも、いるのかいないのかも、わからない」

「う、ん」

「パパ、ずっと夢だったんだ。愛する息子と、二人で、一生仲良く暮らすことが。その子に、愛してる、って、大好きだよって、可愛いよって、伝えたい気持ち、全部嘘《うそ》つかずに伝えて、いっぱい抱き締めて、いっぱいキスしてあげたい、って」

声は夢見るような口調になっていた。

「だからね。普通と反対なんだよ。パパとリリーさんが愛し合って暁くんが産まれたんじゃなくて、」

清明は、恐ろしいことをサラッと口にした。

「この人こそが、『僕の愛する息子』を産んでくれる人だって、ひと目見てわかったから、リリーさんと結婚したんだ。彼女に近づいて、必死にプロポーズした。相手なんか誰でもよかったんだよ。パパは、暁くんだけが、大事なんだから」

暁は腕を太ももに突っ張り、感情の昂《たかぶ》りに耐えた。

どう返事を返したらいいのか、わからない。

父は単純に、親の愛情を示しているだけだ。昔からそうではないか。彼はとても無邪気な人なのだ。

へ、え。そうなんだ。ママが聞いたら怒り狂いそうだね。

笑ってそう言うべきなのだろうか。

それとも、嬉しいっ、と本音を吐くべきなのだろうか。

胸の中はざわついていたが、無難な言葉はどうしても思いつけなかった。

O学園から都内のマンションまでは、車で六時間ほどかかる。

その間暁はずっと寝たふりをしていた。そうするしかなかったのだ。

父がそばにいる。それだけで、気持ちを抑えきれない。

パパ、だっこして。と。

昔どおりの言葉を口にできれば、いいのに。

パパ、大好き。

今、すごく、ちゅう、したい。

いっぱい、ちゅう、したい。

だぁれも見てないから。

パパ、むかしみたいに、いっぱい、ちゅう、しよ。

脳裏で、声が響く。別の自分が、幼児のままの甘えた声で、言っている。

父に抱きつきたかった。胸に固く抱き締めてもらいたかった。

自分でも不思議に思う。

(どうしてこんなにパパが好きなんだろう)

どうして親子なんかに生まれちゃったんだろう。

離れてよかったのだと思う。今は少しだけリリーに感謝している。あの女が無理やり引き離してくれなければ、自分はきっと堪《こら》えきれず、父の前で脚を開いてしまっていた。

パパ、SEXして。と。

パパの、ぼくのなかに入れて。

パパのペニスで、ぼくのお尻のなか、ずこ、ずこって、こすって。ぼくのなかに射精して。ぼく、パパの精液が、ほしいの。

鳥肌が立った。考えただけで怖気《おぞけ》がする。そんなことをしたら、天使のように清純な父は、いったいどんな顔をするだろう。

大事な一人息子の気が狂ったと、泣き出すだろうか。精神の病院にでも入れてしまうだろうか。

それとも。

可愛い一人息子の頼みだからと、恐ろしい近親相姦《そうかん》を受け入れてくれるのだろうか。

しかし、できない。できるわけがない。

父を悲しませるような真似《まね》など、絶対したくない。

思い出してみれば、父は暁の前で裸になったことが一度もなかった。風呂に入れてくれるときですら、服を着ていた。

きっと、自分やリリーとは違うレベルの人間なのだ。言うなれば、『聖なる存在』なのだ。

そんな父を、母や自分のような穢れた存在に近づけてはならない。

車を走らせながら、清明は時折手を伸ばして、暁の髪を撫《な》でた。

息子が眠っていると信じきっているのだろう。指先に髪を巻きつけ、弄《もてあそ》び、くすぐるように、頬《ほお》にも喉《のど》にも指を滑らす。

そのたび、暁は感情の昂りを堪えるのに苦労した。触れられているだけで、父の愛情を感じられた。

家に着いたら、すぐに、『よく眠れるジュース』を作ってもらおう。

父は暁の体調が悪いときでも、市販の薬など決して飲ませなかった。そのときの症状に合わせた、いろいろな薬効のあるものを調合した特製ジュースを作ってくれた。どれも、おいしくて、とてもよく効いた。

暁は必死で自分に言い聞かせた。

(パパのジュースを飲んだら、朝までぐっすり眠ってしまえるから)

だから、それまでの辛抱だ。

本性を見せちゃいけない。

我慢して、芝居を続けなきゃ。

普通の、『高校生の息子』の芝居を。

3

マンションの地下駐車場に車を停め、エレベーターに乗り込む。

三十階で降りれば、懐かしい曾我家だ。

清明は弾む足取りで、先に立って歩く。家の鍵を開け、新婚の妻でも迎え入れるかのように、うきうきとした表情で振り返った。

「ほら、暁くん、見て。パパ、今日のために一生懸命お掃除したんだよ」

家の中に足を踏み入れると、昔と変わらない匂いが迎えてくれる。

「あ、ケーキの匂い」

暁が呟くと、父は嬉しそうに説明を始める。

「うん。お誕生日のケーキだけは、先に焼いておいたんだ。暁くんの大好きなフレッシュバタークリームのやつだよ」

清明の声はあくまで屈託がない。

「明日の朝ご飯とお昼と夜と、あと明後日の朝ぐらいは、食べていけるかな。ちょっと休んだら、一緒に材料買いに出ようね。暁くんの好きなもの、いっぱい作ってあげるからね。夜には、いつもどおりパーティーだよ」

それが至福の喜びであるかのように、父は言う。

そういえば父は、暁においしいものを食べさせたい一心で料理の研究を始め、そのままプロになってしまったのだった。

複雑な気分になる。

人から愛されるのは、とても幸せなことだ。ましてやその相手を、自分も熱愛しているのだから、幸せでないわけがないのだ。

けれども、相手は実の父親だ。

同性であり、血も繋がっている。このまま行くことが正しいことだとは、どうしても思えない。

「どうかしたの。疲れたのかな、暁くん」

顔を覗き込んできた清明に、暁はかろうじて言葉を返した。

「うん。ちょっと車に酔ったみたい」

「そ、それはいけないいっ、少し横になるかい。暁くんの部屋もちゃんとお掃除してあるし、すぐに休めるよ」

清明は笑えるほど慌てふためき、暁の額に手を当てた。

「熱とかは、ないのかな」

やはり、反射的にその手を撥ね除けてしまった。

ぶつかった手は驚くほど大きな音をたてた。それほど強く当てたつもりはなかったが、暁はばつの悪さにうつむいた。

過敏になりすぎている。自分でもわかっていたが、一点でも触れられたらそこからなしくずしに駄目になってしまいそうで、暁としては必死だったのだ。

「暁くん」

清明は立ちすくんだまま、哀《かな》しげな瞳で言った。

「パパのこと、なんか怒ってるの」

返事などできない。

「じゃあ、どうして、口きいてくれないの」

きいていないつもりはなかった。本人なりに、なんとか会話はしたつもりだったが、やはり昔とは違ったのだろう。

「明後日には、帰らなきゃ、いけないんだよ。また一年間、逢えないんだよ」

「ん」

父は切ない口調で呟く。

「なのに、パパに、だっこもさせてくれないの。そんなにパパのこと、嫌いになっちゃったの」

我慢も、芝居も、限界だった。暁は崩れるように清明に抱きついた。

父の目には自分はいつまでも幼児に見えているのだ。だったら、幼児のふりをして、パパだっこして、ちゅうして、と甘えてしまえばいいではないか。

「ごめん、な、さい」

一瞬後、温かい手が身体に回される。

「いいんだよ。暁くんもだんだん大人になってきてるんだもんね。寂しいけど、しょうがないよね」

引き寄せられるまま、腕に抱かれた。

ああ、パパの胸だ、と暁はしみじみ思う。

さほど体格がいいようには見えないのに、抱き締められると、広く、厚い胸。

そして、とてもいい匂いがするのだ。

料理人だから、さまざまな料理の香りが移っているのだろうか。心も身体も包み込んでくれるような、優しく懐かしい匂いだ。

昔から何度この胸に顔を埋《うず》めただろう。どれほどの時間を、この胸の中で過ごしただろう。

「でも、覚えておいてね。パパは、なにがあっても暁くんの味方だよ」

囁くように父は続けた。

「たとえ、暁くんが犯罪を犯しても、たとえば、人を殺したとしても、パパだけは味方だからね。忘れないでね。暁くんは、一生、パパにとっては『天使』なんだよ」

半分夢の中にでもいるような気分で、暁はうなずいた。

父の言葉は真実だろう。きっと犯罪者になっても、父は暁を庇《かば》い、守ってくれるはずだ。

それは確信だった。

これほど愛されている息子が、この世にいるだろうか。

暁は父の胸に頬を擦り寄せた。昔いつもしていたように。甘えた仕草で。

(ぼく、パパにだっこされてるときが、いちばんしあわせだよ)

きれいなパパ。

なにしてもおこんない、やさしいパパ。

おりょうりがうまくて、あそびもいっぱいしってて、ぼくのことだれよりもだいじにしてくれるパパ。

せかいじゅうでいちばん、だいすき。

脳裏で舌ったらずな声がする。

パパ、おちんちんさわって。ぼく、このごろ、からだがへんだから。どうしたらいいのか、おしえて。ぼく、パパにいじってほしいの。

幼児のふりをすれば、あるいはそれ以上のことも許されるのではないだろうか。

言ってしまおうか。

Hなことをしてほしいと。

殺人者になっても味方だと言ってくれるのだから、父は息子の変態的な嗜好《しこう》も、大きな心で許してくれるのではないだろうか。

パパ、と、暁がおずおずと口を開きかけたとき、しかし、思いもよらぬ方向から声がした。

「あんたたちって、ちっとも変わんないのね。ベタベタ抱き合っちゃって。ほんとに、気持ちの悪い親子」

ハッとして、身を離す。

母だった。鍵束を指先でジャラジャラ回しながら、ドラマのワンシーンのように格好をつけてリビングルームに入ってきた。

年甲斐もなく、胸の開いた真っ赤なワンピースを身につけている。鼻が曲がりそうな強烈な香水の匂いが、あたりに漂った。

「なにしに来たんだっ」

清明の上げた尖《とが》り声に、リリーは微《かす》かに怯《ひる》んだ。

「な、なによ。随分なご挨拶《あいさつ》じゃない」

父も負けてはいない。

「ご挨拶もなにも、ないだろっ。正月も夏休みも、僕は我慢してるじゃないかっ。一年に一度だけ、暁くんの誕生日だけは二人っきりにしてくれる約束だろうっ」

「あ、あたしは、一応、暁の母親なのよ」

「僕だって、父親だっ。立場的には同じだ。なのにきみのせいで、僕は暁くんと一年に一回しか逢えないんだぞっ」

異様なまでの清明の剣幕に、リリーは後退《あとずさ》った。

あるいは、親子三人の久しぶりの団欒《だんらん》を期待して来たのかもしれない。

母がまだ父に未練を持っていることは、薄々勘づいていた。息子である自分を可愛がっていることも、わかっていた。

哀れだとは思う。彼女はただ、愛情の示し方を知らないだけなのだ。

だが、同情だけではやっていけない。自分もまた、清明を愛しているのだから。

時々、思う。自分は気が狂っているのではないだろうか。

実の母と争っても、父の歓心を買いたい。

母に申し訳ないと思うときもあるが、そんな気持ちを押し潰してしまうほど、暁は父に強い愛情を抱いていた。

リリーはいらいらとジャケットを探り、ポケットから煙草を取り出した。気を落ち着けようとするかのように、一本を口に銜える。

黙って両親の諍《いさか》いを見ていた暁は、そのときになって初めて、口を開いた。

「やめろよ」

「えっ」

「やめろ、って言ったんだよ。親父の仕事に煙草が厳禁なのは、あんただってわかってんだろ。いったい何年親父と暮らしてたんだよ。もう忘れちまったのかよ」

煙は嗅覚《きゅうかく》を痛める。身体に沁《し》みつきやすいので、料理にも匂いが移ってしまう。ついでに言えば、強い香水なども、料理人にとってはまずいものだった。

「わかったわよ」

息子に咎められたのがひどくこたえたふうで、リリーはおとなしく煙草をしまった。

それでも、負け惜しみのように口を尖らせ、嫌みを吐く。

「ほんとに、嫌な親子」

清明が吐き捨てる。

「嫌なら、さっさと帰ればいいだろう。こっちは呼んでもいないのに突然来られて、本当に迷惑だ」

売り言葉に買い言葉で、リリーも清明に言い返す。

「帰るわよ。帰りゃあいいんでしょっ。どうせあたしはいっつもお邪魔だったものね。撮影が早くすんで、お土産《みやげ》とか買って帰ったって、ちっとも喜びやしない。反対に、どうして予定より早く帰ってきたんだって、顔色変えて怒るくらいだったものね。あんたたちは、そうやって二人で仲良くしてりゃあいいわ」

「予定を変えられたら、誰だって戸惑うだろうっ」

「戸惑うとかって感じじゃなかったじゃない。二人でイチャついてるのを邪魔されたって、そういう感じだったわよ」

「げすな言い方はよせ。暁くんの前だぞ」

「その子だって、あたしたちの喧嘩《けんか》なんか見慣れてるわよ、子供の頃から」

低く、父は凄んだ。

「言っとくけど、先に離婚を言い出したのはきみのほうなんだからな。僕は暁くんと離れたくなかったのに」

リリーは嫌みに片眉《かたまゆ》を上げる。

「そうでしょうよ。暁と離れたくないから、嫌々でもあたしと結婚生活を続けていたわけでしょ。そんなことくらい、こっちだってお見通しだったわよ」

「わかっていたんなら、なぜ暁くんの親権を渡してくれなかったんだ。金ならいくらでも出すと、僕は必死で頼んだじゃないか。土下座までしても、それでもきみは渡してくれなかった。そのうえ、暁くんを、あんな山奥の、刑務所みたいな学園に入れてしまった。正直僕は、きみを恨んでいるよ。ひどい人間だとね」

嫌悪を剝き出しにして清明を睨《にら》んだが、リリーは結局返事をしなかった。

「暁」

「なんだよ」

こちらを向くと、リリーは別のポケットに手を入れ、小さな包みを取り出した。

テーブル上に、ことん、と置く。

悪戯《いたずら》が見つかった子供のように少々不貞腐れた顔で、

「ほら、プレゼント」

高級ブランド時計の包装紙だった。

「誕生日、おめでと、暁」

暁は素直にうなずいた。

「うん」

「時計。あんたに似合うと思って」

言わなくても察せられた。母はたぶん、本気で暁を喜ばせようと、忙しい仕事の合間にプレゼントを探し回ったのだ。適当に買ってきたわけではない。無論、値段も相当なものだろう。

ぼそぼそと、ではあるが、暁は感謝の言葉を吐いた。

「サンキュー」

つけ足す。

「おふくろは、趣味がいいから。きっとかっこいいと思う。みんなに自慢するよ。忙しいとこ、わざわざ、ありがと」

息子のはにかんだ感謝の言葉に、母はやっと視線を緩めた。一応は来た甲斐があったのだと、自分を納得させたようだった。

「ほかにも欲しい物があったら、連絡してきなさい。すぐに送ってあげるから」

「うん。なんか思いついたら連絡するよ」

本当に欲しいものは、『自由』だが、それは言ってはいけない言葉だろう。

リリーは暁を見つめ、

「じゃあね」

真っ赤に塗られた唇の端を、少しだけ上げた。

「元気にしてなさいよ、暁」

さすがに女優だ。去り際は美しくありたいようだ。

そのまま踵《きびす》を返そうとするリリーに、すかさず清明が言う。

「送ってくよ」

「ふん。今日中には絶対戻ってこれないように、辺鄙《へんぴ》なとこまで連れてって降ろすつもりでしょ」

半分冗談混じりのふうな揶揄《やゆ》だったが、清明はまともに切り返した。

「そのとおりだよ」

さすがのリリーも面食らった様子だった。

「へ、え。あんたってホント、暁のこととなると、目の色変わるわよね」

強がる口調で言うが、言葉尻が震えていた。

「普段のいい人ぶりが、嘘みたい。世間の人に見せてやりたいわ。息子といるためだったらなんでもやる極悪人なとこ」

「なんとでも言えばいい」

リリーを玄関に追いやりながら、父は振り返った。リリーに向けていたのとはまるで違う表情で、言った。

「じゃあ、暁くん、パパ、すぐに帰ってくるから、だから、」

口籠もった先を、暁は先取りした。

「わかってるよ。部屋には入るな、だろ。何度も言われてるんだから、耳たこだよ」

清明は、手を合わせて拝むような恰好をした。

「うん。うん、絶対、パパの部屋に入っちゃ駄目だからね。約束だよ」

面倒臭さを装って、暁は顔をそむけた。

「何度も言うなよ。うるせぇな」

「じゃあね。ほんとにすぐ帰ってくるから。ごめんね。怒らないで待っててね」

4

一人取り残された暁は、しばらくリビングの中をうろついていた。

座る気にもなれなかったのだ。

正直言って、戸惑いが胸の中で渦巻いていた。

今の、嵐《あらし》のような一幕を思い出す。

自分が父に寄せる想《おも》いは、はっきり言って異常だ。だが、父の愛情も、世間一般のものとはかなりかけ離れていないだろうか。

普通の父親は、十代後半にもなった息子に、あれほど執着するものだろうか。

だが、と暁は思い直す。清明は父の顔も母の顔も知らないで育ったのだ。血の繋がった人間は暁しかいない。その暁に気持ちを注ぐのは、当たり前ではないか。父はもともと、とても愛情深い人なのだ。

テーブルに視線をやると、『誕生日おめでとう』と文字の入ったケーキがある。

清明の作るケーキは、どこの店のものよりもおいしい。

指先でケーキのクリームをすくって舐めてみる。

こんな意地汚いことをしても、清明は一度も怒ったことなどなかった。暁も幼い頃はそれなりに我儘《わがまま》も言っただろうし、聞き分けないときもあったはずだが、本当に、清明が声を荒らげたのは、かくれんぼをしていて部屋に潜《もぐ》り込んでしまったとき、あの一回きりなのだ。

考えてみれば、おかしい。

リリーに対する態度からしても、父がまったく怒らない性格、というわけではなさそうだ。それどころか、短気にさえ見える。

誘惑してくる女性たちにも、かなり冷たい対応をしているという噂だ。ならば、なぜ『息子の自分』にだけは、あそこまで甘いのだろう。

ふと、悪戯心が湧いた。

(パパの部屋、ちょっと覗いてみようかな)

急いで出ていったから、今なら鍵がかかっていないかもしれない。

あの穏やかで、言い方は悪いが、自分の言いなりである父が、なぜ部屋に入ることだけを許してくれないのだろう。

もしかしたら、なにかとんでもない秘密でも隠されているのではないだろうか。

そういえば、昔もこんな気分になったような気がする。

とにかく父のすべてを知りたくて、父の隠しているものを盗み見たら、望んでいた答えすべてを受け取れるような気がして、居ても立ってもいられないような激しい衝動に駆られた。

ただの、子供の悪戯ではなかった。七歳の子供が、どうしてそんな衝動に駆り立てられたのか不思議だが、たしかにそうだった。

今も、なにかに急《せ》かされるような気分だった。

父の秘密を見たい。

自分は、どうしても、見なければいけないのだ、と。


暁が五歳頃から住んでいるこの高層マンションには、リビングルームのほかに、部屋が三つあった。

三人で暮らしていたときは各々《おのおの》一部屋ずつ使っていたが、今はリリーの部屋がない。改装して大きくした部屋を、清明が使っている。

しばらく考え、決心した。

(やっぱり、入ってみよう。見つかったら、また怒られるだろうけど)

そこに、幻滅させてくれるようなものがあればいい。

自分を嗤いながら、暁は思う。

嫌な面を見せてくれればいい。そうすれば、少しは父のことを嫌いになれるかもしれない。

父の部屋の前まで行ってみる。

やはりドアは閉ざされていたが、試してみる価値はあるだろう。

恐る恐る、ドアノブに触る。

ゆっくりと回してみる。

鍵はかかっていなかった。

隙間から、そぉっと覗き込む。

真っ暗だ。月明かりくらい射《さ》していてもおかしくないなのに。

手探りで壁のスイッチを触ると、窓を塞ぐ格好で本棚が配置されていた。だから外光が一切入ってこないらしい。

室内に足を踏み入れ、絨毯の上を、二、三歩進む。

中をぐるりと見回す。

まず目を引いたのは、本棚の多さだ。窓側のほかにも、もう一面の壁いっぱいに作りつけられている。

あとはクローゼットと机とベッド。大きなテレビ。

(へえ。意外と片づいてるんだな)

本棚には本と資料、写真アルバムが並べられている。それらは膨大な数にもかかわらず、きちんとラベルが貼《は》られている。清明らしい、整頓《せいとん》された部屋だ。

だが、暁はふと、奇妙な感覚に襲われた。

なにか見落としていないか。

自分はこの部屋を知っているような気がする。入ったことなどないはずなのに。

一度忍び込んだときは、両親が離婚する前で、まだ改装をしていなかった。なのになぜ改装後の室内に、見覚えがあるのだろう。

もう一度室内を見回す。

ベッドのそばに、ビデオカメラ。

三脚。

別に変なものはない。仕事柄、清明は料理の写真も撮る。

なのに、胸がざわつくような感覚が拭い去れない。

そうして、暁はやっと、おかしなところを見つけた。

(強いてあげれば、アルバムの数が異常に多いってことかな)

優に一万冊以上はある。いくらなんでも多すぎるだろう。

いったいなにをそんなに撮っているのかと、そばまで寄って、ラベルを見てみる。


【暁くん誕生。産院にて(三月十二日)】


驚きの声を上げてしまった。

「ぼくの写真だっ」

【眠る暁くん。（三月十三日）】

【ミルクを飲む暁くん。（三月十四日）】

「なんなんだ、これっ。どうしてこんなにあるんだよっ」

赤ん坊の頃は、ほぼ一日二、三冊のペースで撮影されている。その後は徐々に減ってはいるが、それでも週に十冊程度は撮られている。

一冊抜き出して、見てみる。

カメラで撮ったような写真もあったが、あとは録画したものを印刷したらしく、生まれたばかりの赤ん坊がコマ送りで写っていた。

呆然《ぼうぜん》として、本棚全体を眺めてしまった。

「本当に、これ全部、ぼくの写真なのか」

仕事や、自分の趣味などの写真ではないのか。

しかしそんなはずはない。暁は血の気が引く思いだった。

たしかに父はビデオや写真が大好きだった。だが、当の暁自身に、これほど撮られた記憶がないのだ。


【三ヵ月・リビングにて（六月十八日）】

適当に飛ばしながら、先のラベルを見ていく。


【一歳の誕生日。(三月十二日)】

【一歳。初めて海へ。(七月二十二日)】


ひとつひとつ見ていてはきりがない。暁は一気に最後のアルバムに視線を移した。

【十五歳の誕生日。(三月十二日)】


愕然《がくぜん》とした。

しばらくは指先すら動かなかった。

これは、隠し撮りだ。

去年の誕生日、暁は夕飯後すぐに寝てしまったのだ。いつものとおり、清明特製の『よく眠れるジュース』を飲まされて、あとは翌日の昼過ぎまでぐっすり眠りこけていた。

こんなものを隠していたのか。だからパパは部屋に入るな、と言ったのか。

けれども、なぜ起きているときに撮影しなかったのだろう。ここ数年はぎこちなくなってきたが、昔の暁は清明にべったりで、ビデオなど向けられたら大喜びで映っただろうに。

鼓動が速くなってきた。

不安と期待。

これは絶対何か理由があるのだ。

そうでなければ、隠したりするはずがない。

動いているところを見たかった。実際にはどうやって撮ったのか。どのような場面で撮ったのか。

元の画像はどれだろう。何かに焼きつけてあるのか。この様子だと複数のコピーを取っているはずだが。

「そうだ、パソコンの中にだったら、あるかも」

デスクの前まで駆け寄り、急いでパソコンを開けてみる。

人が開けることなど想像していなかったのだろう。ロックもかかっていなかった。

(あった)

やはり膨大なデータが出てきた。

無意識だろうが、一番まともそうな【一歳の誕生日】というところを、クリックしてみる。

画面は唐突に始まった。

『はーい、あきらくん。いい子だから、前、向いてね』

父だった。

今より若い父が、畳の上で胡坐《あぐら》を組んで座っていた。

このマンションを買う前に住んでいた、古ぼけたアパートの一室だ。

今、暁は十六で、清明は三十二だ。ということは、赤ん坊の暁を抱いているのは十七歳頃の父だ。

若いことは若いが、それほど印象は変わらない。幾分髪が短い程度で、見ようによっては二、三年前の画像にすら見える。

可愛くてたまらないという様子で、ぷっくりとした暁の頬を指先でつつきながら、

『ほら、リリーさん。ちゃんと映して。あきらくん、今、機嫌がいいんだから』

画像が左右に揺れている。

声だけが答える。

『え〜。これ、わかんないよぉ〜。どこ押せばいいの』

『映ってるんじゃないかな。大丈夫だよ』

『清明、見てよ〜』

『大丈夫だって。赤いランプついてるから。そのまま映してよ』

若夫婦らしい、微笑ましい会話だ。

今は険悪なあの二人にもこんな平和な時代があったのかと、暁はパソコン画面に見入ってしまった。

『じゃ、パーティー、始めるね』

後ろにケーキやおもちゃがある。部屋中に飾りつけがしてある。それも、幼稚園で子供たちが作るような、折り紙の輪飾り、紙で作った花。壁に貼ってある色画用紙には、『あきらくん、一歳の誕生日おめでとう』の文字。

夫婦ともに、まだ有名になる前だ。裕福そうではないが、ほのぼのとした光景だ。

清明は急にカメラに視線を合わせ、台本でも読み上げるように言った。

『可愛い僕のあきらくんが、今日一歳になりました』

そして、零《こぼ》れんばかりの笑顔を浮かべ、膝に抱えた暁の頬にキスをした。

すると即座に反論の声が。

『なに言ってんの。僕の、じゃなくて、僕らの、でしょっ。あきらを産んだのは、清明じゃなくてあたしなんだからね。偉そうに言わないでよねっ』

リリーは当時からきつかったらしい。

少し興醒《きょうざ》めした暁は、その画像を止めた。

違う。こんなものを隠す必要などないはずだ。現にリリーも一緒にいるのだから。

では、と、少し進んだところをクリックする。【暁くんとケーキ作り】という題のものだ。

今度は、幼い暁と清明が、三脚で固定されたような映像の中に映っていた。

『ねぇパパァ。きょうもビデオとるのぉ』

セーラー衿《えり》の可愛い服を着た暁は、父の膝に手をかけて、あどけなく尋ねる。

『うん。そうだよ』

父は暁を抱き上げ、自分の膝に乗せた。

『ママは』

『ママはおでかけだよ』

『ホントッ』

『うん。ほんと。テレビドラマのちょい役が決まったんだって。主役の友達らしいよ。今日は撮影で京都だって』

『じゃ、きょうはふたりっきりだねっ』

『うん。二人っきりだよ』

親子は恋人同士のようにチュッ、と軽いキスを交わした。

暁は父を見上げて、にっこりと笑う。

『パパ、だぁいすき』

清明も満面の笑顔で返す。

『そっか、嬉しいなぁ。パパも、暁くんのこと、だ～い好きだよ』

『どのくらい』

『いっぱい、だよ。世界で一番』

『ぼくなんか、うちゅうでいちばんだもんっ』

『じゃ、パパも、宇宙で一番、暁くんが好きだよ』

胸が、変なふうに打ち始めていた。

懐かしかった。画面の中の自分が妬《ねた》ましかった。この画像の中に、入っていけるものなら。

もう一度この頃に戻れるものなら。

『じゃあ暁くん、なにして遊びたいかな』

『んーっとねっ、ケーキやさんごっこ』

『フレッシュバタークリームのやつかい。暁くん、あれ大好きだものね』

『うんっ』

無邪気な会話が続く。

このぶんだと丸々一本こんな調子だろうと、早送りにした。

画面の二人は速い動きでケーキを作り始めた。暁用にままごとの調理道具なども用意してあったようだ。ボールをひとつずつ持ち、じゃれ合いながらクリームを泡立て、それをお互いの顔や手に塗りつけて舐めたりしている。

そこに映っているのはたしかに十数年前の自分だが、こうやって映像で見てしまうと非常に気恥ずかしい。甘酸っぱいような疼きが全身に広がる。

瞬時目を離した隙に、画面上の二人の悪ふざけはエスカレートしていて、顔や腕だけではなく、服をめくりあげて胸や腹、足のほうにまでクリームを塗りつけて遊んでいる。

暁は、普通再生に戻した。

『やだっ、パパ、くすぐったぁい』

『あきらくん、食べちゃうぞぉー』

心臓がドクドク脈打っていた。

右手はいつのまにか股間に当てられていた。

きゃあきゃあ言いながらリビングを逃げ回る幼児の自分は、すでに全裸だった。逃げながら、わざと捕まえて欲しそうに、父のそばを駆け抜ける。

そこをすかさず、清明が抱き上げる。

『ほーら、つかまえたっ』

『きゃあ、つかまっちゃったぁ』

じたばたと両手足をバタつかせ、暁は甘えた様子で暴れている。

『こーら。つかまったら、おしおきだぞー』

『やぁん』

『やぁん、じゃないの。磔《はりつけ》だぞ』

テーブルの上に押さえ込む。
そして父は笑いながら、クリームを、あろうことか暁の股間に塗りつけたのだ。
暁は先程よりも本気の様子で暴れだす。
『やん、やん、つめたぁい。そこ、やだぁ』
『ほら、支度できた。じゃあ、パパ、暁くんの一番おいしいとこ、食べちゃおっと』
画面を見ていて。
全身の血が凍りついたようだった。
(なにを、やってるんだ、パパは)
舐めている。おいしいそうに。暁の、あの部分を。
『やぁ～ん、パパァ～。くすぐったぁい』
『だぁめ。暁くんはパパのものなんだから。パパがぜーんぶ食べてもいいの』
『でもお～』
清明の声は奇妙に掠《かす》れていた。
狼狽《ろうばい》のあまり、画像がよく見えない。
そのあいだにも場面はどんどん進んでいた。
『やだってばぁー』
くちゅんくちゅん、という音がしていた。

『でも、気持ちいいでしょ』

『うん。でもぉ』

『大丈夫。すぐに慣れるから。このあいだも、気持ちいいって言ってたでしょ』

もうそれ以上見る勇気はなかった。

震える指で、暁は動画を止めた。


脈が速い。驚きで息がうまくできない。

これは、どういうことだ。

こんな場面は記憶にない。子供すぎて、きっと覚えていないのだ。

まさか、という思いが湧く。

必死に記憶の糸を手繰る。自分はいつ頃から肛孔で自慰を始めたのだったか。

画像の中の自分は、明らかに感じている。父も、幾度もそういう遊びをしたことを口にしている。

全部観てみたかった。だが、時間がない。清明が帰ってきてしまう。

暁は震える手で、もう少し古いのをクリックした。

早送り再生をする。

画面上では驚くべき光景が繰り広げられていた。

腕に赤ん坊を抱いた父は、下半身裸だった。

そばのテーブルには、水あめの壜《びん》。

そして、哺乳壜も置かれていたが、中に入っている『ミルクであるはずの液体』は、なぜだか赤みを帯びている。そのそばには、タバスコと唐辛子の壜。

早送りで映し出される切れ切れの映像だけでも、なにが行なわれていたかは容易に推測できた。

『あんたはミルクを飲まない子で』

母の嘆きはもっともだ。こういう理由があったのだ。これではミルク壜を見ただけで泣き出す赤ん坊になっただろう。

父は、赤子の顔を、股間に持っていった。

乳飲み子は、嬉しそうに、にこっ、と笑った。

普通なら、母親の乳房や、哺乳壜を目にした際に見せるような、笑顔で。

股間がズキズキ痛んできた。

暁は我慢できなくなり、パンツを下ろした。

ようやくわかった。

自分の異常な性癖は、父によって作られたものだった。

だから自分は、これほど男の精液が好きなのだ。

憎んでも怒ってもいいはずなのに、暁の胸に湧き起こった感情は、言いようのないほどの強烈な喜びだけだった。

決定的な場面が見たい、と思った。

自分たちは一線を越えているのか。越えているとしたら、それはいつだったのか。

父は自分を眠らせてから、いったいどれほどの時間と期間、淫らな振る舞いを繰り返したのか。

一本ずつ見ている時間はない。

暁は迷うことなく最新のデータをクリックした。


【十五歳の誕生日】

画面は唐突に、
そう、
まったく、
唐突に、
SEX、場面だった。

『気持ちいいんだね。そうだろ、気持ちいいんだろう、暁くん』

心臓が止まりそうだった。それほど衝撃的な画像だった。

やはり固定されたアングルで、場所はこの部屋。

二人とも全裸だ。

父は床の上、ベッドに凭れかかるように座り、膝に暁を乗せていた。

力を失い、ぐったりと人形のように瞼を閉じている暁だ。

父は、己の勃起した男根を、息子の肛門に挿入していた。

結合部がはっきりと見える。そういう角度になるように、セッティングしてあるのだろう。

父の男根で貫かれ、薬で眠らされているはずなのに、暁は喘いでいた。

は、ぁ、ぁ、と。

画面上の自分は、快感にしか聞こえない声を上げていた。

膝裏に手を入れ、父は暁の身体を上下に揺さぶる。そのたびに妖しい淫花のように肛門が開き、赤黒い男根が現われる。そしてすぐさま、花にずぶりと呑み込まれる。延々とその繰り返し。

暁の喘ぎは激しくなっていく。次第に声高に、恥ずかしげもなく。

ああんっ、あああんっ。いいっ。すごく、いいっ。

髪を振り乱し、喉をのけぞらせ、恍惚の表情を浮かべている。

父は薄く笑う。

『暁くん、やっぱり男とHしてるんだね。中が柔らかいもの。学校で好きな人でもできたのかな』

後ろから手を差し入れ、暁の昂りを弄る。

『あんっ。やんっ』

とたんに白蜜が弾け飛ぶ。

よく見ると、ベッドのまわりはベタベタだった。何度も何度も、精を放ったように。

『いいんだよ。怒ってるわけじゃないんだよ。だって男の人を好きになるように、パパが暁くんを仕込んだんだからね』

心臓は早鐘のようだった。痛いくらいの打ち方だった。暁は画面を食い入るように見つめながら、そっと自分の昂りに触れた。

ここに。父が触れてくれたのだ。

あの美しい手で、このペニスをしごいてくれたのだ。

夢ではない。こうやってきちんと証拠が残っているではないか。

(夢じゃないんだよね)

今観ているのは、真実の画像だよね。合成でもなんでもなく。

いや、たとえ合成であってもかまわない。『父』がこういう画像を作り上げたのだとしたら、それだけで本望だ。

『暁くんが誰とセックスしててもね、パパは、暁くんのことだけ愛しているよ』

甘い睦言《むつごと》を囁きつつ、人形のような暁に、清明は激しい抽挿《ちゅうそう》を繰り返していた。

未だかつて感じたことのないほどの強烈な快感が、暁の内部から湧き起こってきた。

堪えられず、肛孔に指を差し込む。

「ん、あっ、んっ」

思わず背を反らし、のけぞる。

誰とSEXしても感じない身体が、録画を観ているだけなのに燃えるようだ。

(こんなに、こんなに、感じるなんて)

くちゅくちゅと指を出し入れする。

暁は陶然と思った。

ぼくの、この恥ずかしい穴に。父のペニスが入ったのだ。

ほかの男などで満足できるわけがないではないか。自分はこれほど濃密な愛撫を施されて育ったのだから。

父は近親相姦という恐ろしい罪を犯しているにもかかわらず、清らかに見えた。それどころか、暁が見たこともないほど、神々《こうごう》しく、美しかった。

『さあ暁くん。一年分、愛し合おうね。もっともっと、抱いてあげる』

遠くのほうで、物音がした。

画面上の声に重なるように、父の声がした。

「暁くーん、ただいまー」

聞こえてはいたが、動く気はなかった。

動く必要などどこにもないではないか。今日は自分の誕生日なのだ。

「暁くん、どこだい」

声は各部屋を回っている。

回って、そして徐々に焦りの声色になる。

「暁くんっ、あきらくんっ。どこにいるのっ」

唇の端が上がる。

微笑みが浮かぶのを、止められない。

もう、あの牢獄《ろうごく》のような学園に帰るのは、やめよう。

そうだ。父に言って、芝居を打ってもらおう。母と再婚してもらえば、また自分は父と一緒に暮らせる。

母にとっては残酷なことだろうが、これからは一生、騙《だま》してあげよう。いい息子のふりも、してあげよう。

もうなにも恐いものはない。
気が狂うのかもしれない、などと、心配する必要も、なくなった。
暁ではなく、父のほうが、もうとうの昔に狂っていたのだ。
ならば、なにも恐くない。自分も同じ場所に堕《お》ちていこう。
父と一緒に堕ちるなら、たとえ地獄であっても、そこは甘美な場所だろう。
「暁くんっ」
各部屋を探し回ったらしい清明が、ようやく戸口に現われた。
暁は振り返り、舌ったらずに言った。
「パパ」
もう仮面を被る必要はない。昔どおりにパパと呼んでもいいのだ。
清明は凍りついた視線で、自分の部屋の中を見ていた。
その顔に、絶望の色が浮かぶ。
暁は怪訝《けげん》に思う。
(なにを悲しんでいるの、パパ)
悲しいことなんか、なにもないのに。これからは、楽しいことばっかり待ってるのに。
暁は笑った。
そして言った。

「パパ、はやくパーティーはじめよぉ」

父の表情は、驚愕の色に変わった。

暁は、脚を広げ、蜜を溢れさせている性器を見せつけた。

「見て、パパ」

指で、肛孔をくつろげる。熟した内部を見せつける。

指を差し入れる。父の視線に犯されながら、指をくちゅくちゅと出し入れする。

「ぼく、もうがまんできない」

パソコンの画面を指差す。

「はやく。はやく、ああいうこと、しよ」

やっと、言える。この言葉を。

物心ついてからずっと我慢していた、淫らな誘いの言葉を。

「ここに、パパの、入れて。パパのおちんちん、入れて。それで、いっぱいいっぱい、中に射精、して」

父は、ようやく頰の強《こわ》ばりを解き始めた。

そして、初めて見るほど嬉しそうな顔で、笑ってくれた。

5

抱き締める腕は、小刻みに震えていた。

「あきら、くん」

名を呼ぶ声も、震えていた。

「ごめん、パパ、嬉しくて。感動しすぎて、頭がおかしくなりそう」

清明は泣いていた。

父の泣く姿など初めて見た。

「どうして、泣くの、パパ」

手を伸ばし、そっと触れてみる。

父は照れ臭そうに微笑んだ。

「だって、暁くんが泣いてるから」

暁は驚いて、自分の頬に手をやった。本当に濡れていた。気づかなかった。自分もまた、こんなにも感動していたのだ。

二人、床に座り込んだ状態で、しばらく抱き合っていた。

（このまま溶け合ってしまいたい）

どうして離れて生まれてきたのかと訝しむほど、抱き合う身体が馴染む。もともとはひとつの魂だったように。

「ね、暁くん、パパのこと、」

言い淀《よど》んだ質問の、その先を、暁は先取りして答えた。

「嫌いになんかならないよ。軽蔑も、してない。それどころか、嬉しくて嬉しくてたまらない。でも、」

「うん、なに」

「ひとつだけ、怒ってることがある」

青ざめてしまった父に、続きを告げる。

「どうして、隠してたの。ぼく、もっと早く教えて欲しかった」

父は瞠目《どうもく》する。瞳が激しく揺れている。

美しい瞳だと、思った。純粋で穢れがない。自分に対する愛情しか、ない。

(この人の血を、ぼくは半分引いてるんだ)

それはなんと幸せなことだろう。

今まで、天を恨み、地を呪《のろ》い、世をすねて生きてきたが、そんな必要はなかった。自分は間違っていた。この美しい人に、ここまで愛されていたのだから。

「あとね、自分にも怒ってる。パパが教えてくれなくても、もっと早く自分でパパのこと大好きだって言えばよかった、って。怖がらずに。そうしたら、ずっとお互い、こんな擦れ違いをしなくてすんだのにって後悔してる」

「暁くん」

父は真珠のような涙を零した。頬を伝い、ぽろぽろと、幾筋も流れ落ちる。

「パパを許してくれるんだね。パパのしたこと、怒らないんだね」

「だから。怒るわけないじゃない。パパがぼくのこと好きでいてくれて、変なふうに気持ちを抑えつけないで、SEXしててくれたってわかって、ぼくは、本当に嬉しいんだ。今、夢みたいだって思ってる」

「ごめんね。パパの我儘だったんだ。暁くんが可愛くて可愛くて、どうしても我慢できなかった。本当に、気持ちの抑えがまったくきかなかった。でも、知られたら絶対嫌われちゃうと思ってたから、ずっと隠してたんだ」

「ぼくこそ、ごめんね。パパ、ぼくが生まれてから今まで秘密にしててくれたんだね。すごく辛かったよね」

人が聞いたら、怖気立つような会話だろう。生々しい近親相姦の告白だ。

それでも本人たちは、至福の中にいた。

生まれてから、まだ二十年も生きていないのに、暁は、何十年も、何百年も、『彼』に恋してきたような気がした。

誰かに呪いでもかけられて、なぜだか、どうしても結ばれることが許されなくて。そしてこの瞬間に、ようやく恋を成就できたような、そんな不思議な感覚だ。

心の中に花が咲いたようだった。

(もう、なにも隠さないでいいんだ)

父が、自分に嫌われることを最も恐れたように、暁もまた父に嫌われることだけが、怖かった。

もう、互いに心を隠さないでいい。偽らなくていい。自分たちは、心のままに生きていい。

ゆっくりと、自分が作れる最高の笑顔で、暁は告げた。

「パパ。愛してる」

涙ながらに、父はうなずく。

「うん」

「子供の頃、意味もよくわからずに言ったかもしれないけど。今のは、成長して、全部わかってからの『愛してる』だよ」

「うん、うん」

世間に許されないことでもかまわない。自分に嘘はつけない。

「ね、キスして、パパ」

父は暁の肩を掴み、おずおずと顔を寄せてくる。

怯えるようなキスだった。

息子に対してのものではない。明らかに『恋人』に対してのキスだった。

いつから父は、こういうキスをしていたのだろう。

もっと早くに気づけばよかった。最初からこうだった気がする。父はいつも、キスしては、
探るように暁の瞳を覗き込んでいた。暁に拒まれるのを、ずっと恐れていたのだろう。

父の視線が、下に向かっていた。

あっと思った。そうだ。自分は下半身を露出したままだったのだ。

性器は、無論勃起していた。

ふいに。

本当に、ふいに、だった。背筋が痺れるような感覚が湧き起こってきた。反射的に手でペニスを隠していた。

「あきら、くん」

「パパ、ぼく、」

怖い。なにこの気持ち。

父は慈愛に満ちた笑みを浮かべていた。

「恥ずかしいんだね」

「えっ」

そんな馬鹿な、と思う。山ほどの男たちの前で、あられもなく脚を開き、数えきれないほど男を受け入れてきた。父の前でも、昔は当たり前のように全裸になっていたというのに、今さらこんな感情が湧き起こるとは。

「大人になったんだね」

「だって」

暁は狼狽した。

こんな感情、知らない。だって、胸がちりちりして、全身が燃え上がるみたいで、だって、パパがぼくを見るから。

「可愛いよ、暁くん。夢みたいだ。そんな反応示してくれるなんて」

「パパ、ぼくが恥ずかしがると、嬉しいの」

「もちろん、嬉しいよ。すごくね。だって、子供はなんにも恥ずかしがらないだろう。だけど今、暁くんは、パパを『男』として見てくれてるから、恥ずかしいんだよ」

説明されるとよけい恥ずかしい。なんとか隠そうと、ペニスを握り込んでしまった。

すると父の手が伸びてきて、手を摑み取られた。

「あ、やっ。はずしちゃ、だめだってば」

「おちんちん、跳ね上がっちゃったね。おっきくなってる」

ムズムズする。こんな感じは初めてだ。

恥ずかしいというのは、こんなにムズムズして、全身が熱くなって、疼くような感覚だったのか。

ひとつ訊いてみたくなった。

「ね、パパ」

「うん、なんだい」

「パソコンにある画像、全部本物なの」

「嘘のほうがいいのかな」

暁はかぶりを振った。

「ううん。本物が、いい。あと、」

まだ、ぼくとHしたいのかな。抱きたいと思うのかな。ぼく、ほかの奴らとも、いっぱいいっぱいHしてきちゃったんだけど。それでもかまわないのかな。

父は顔を寄せてきて、蕩けるようなくちづけをくれた。

「パパ、本当に長いあいだ待ってたんだよ。こんな日が来るのを。ずっと夢見てたけど、でも、夢見たよりももっと、暁くんは可愛く育ったね。パパを見て、そんな表情浮かべてくれるなんて、嘘みたいだ」

「え、ぼく今、どんな表情浮かべてるの」

じっくりと暁を眺めた後、

「はにかんで、照れ臭そうに笑ってるけど、ドキドキしてるのがこっちにまで伝わるくらい。すごくパパのこと好き、って顔だよ」

「うん。それはそうだもん」

父の手が、やんわりと暁のペニスを摑んだ。

「やっ、ああっ」

全身に電流が走ったようだった。身悶《みもだ》えた。思わず手を撥ね除けてしまいそうになった。

「やん、なんか、変」

「パパにさわられると、感じるのかな」

感じているのか、これは。

感じるというのは、こういう心地なのか。

なにもかも初めてで、戸惑うことばかりだ。

(もしかして、ぼくが今までしてきたのって、『ＳＥＸ』じゃなかったのかもしれない)

そう考えると、嬉しい。それだったら、自分は誰にも穢されていないことになる。愛する人に初めてを捧《ささ》げられる。

暁は素直に、今の気持ちを言葉にした。

「うん。ぼくね、誰にさわられても、気持ちよくなったことがないの。射精もほとんどしたことがないの。ぼくが射精できるのは、パパのこと考えてオナニーしてるときだけなんだ」

父はなんともいえない顔になった。

「じゃあ、こんなふうにパパがしごいたらどうなるのかな」

細く繊細な指が、まるで楽器でも奏でるように暁のペニスをしごく。

「ああんっ」

一瞬だった。ペニスは膨れ上がり、どくん、どくん、と白濁を噴き出す。

飛び散った精液は、父の服まで汚してしまった。慌てて謝った。

「ご、ごめんなさいっ。だって、急に弄るから」


次の瞬間には、床に押し倒されていた。

「もう我慢できないよ、暁くんっ」

引き毟《むし》るように自分の衣服を脱ぎ去り、父は覆い被さってくる。

「あん、パパァ」

清明の肌の感触、放つ香り、身体の重み。

(ああ、ぼくは知ってる)

幼すぎて気づいていなかっただけで、父はずっと男の匂いを放っていた。欲望の香りだ。

自分は、求められていたのだ、たしかに。

「暁くん、ほんとにいいんだね。パパとSEXして、かまわないんだね」

父の興奮が伝わってくる。股間に、熱い塊が当たっている。

夢にまで見た清明の性器だ。

猛々《たけだけ》しいまでに漲《みなぎ》って、燃えるように熱を発している。

暁は半泣きで喰ってかかった。

「だって、だって、どうして、いやっ、なんで今さらそんなこと訊くのっ。ぼくだって、ずっとずっとパパとしたかったのにっ」

脚を大きく開き、腰を持ち上げた。すぐさま入れてもらえるように、自ら膝裏を持ち、肛門を見せつけた。

艶《なま》めかしくて美しい菫色《すみれいろ》だと、男たちが称賛する肉襞《にくひだ》だ。

父にはどういうふうに見えるだろうか。気に入ってくれるだろうか。

「入れてっ。早くっ。ぼくだって、もう我慢できないんだからっ」

想いを語るのは、後でいい。

今はただ、これが夢ではなく、現実だと身体で実感したい。

「じゃあ、いくよ。ほんとに、しちゃうよ。怖がらないでね」

ぐいっと突き込まれる感覚。先端の開いた笠の部分を受け入れると、あとはずずずっと入ってくる。

「ああっ、あああああっ」

いい。たまらない。尻をくねらせ、暁は熱い息を零した。

父は錯乱したように叫ぶ。

「ああ、暁くんっ、いいよっ、すごい、締めつけてくる。今までとは段違いだっ」

直腸壁を搔《か》き回されるえもいわれぬ快感に、暁は喘いだ。

「あんっ、あ、あ、あああああ――――っ」

声をたてて喘ぐことなど初めてだ。だが、父も荒い息を吐いていた。

激しく突き込んでくる。中を探るように、己の男根で、息子の体内を検分するように、緩急をつけ、浅く、深く、ねじ込んでくる。

暁は泣き喚《わめ》いていた。

「いやっ、すごいっ、こんなの、ああっ、だめ、パパ、あああっ、だめぇえっ」

たくさんの男たちの相手をしてきたはずなのに、こんなに情熱的な性行為をする男はいなかった。それも、気高い天使のような曾我清明が、これほど獣じみたＳＥＸをするとは、信じられない。

「いいよ、最高だっ、暁くんっ」

父は抽挿を続けながら、身を倒し、暁の乳首を啄《ついば》むように吸い立てる。

ぞくりと、また新たな快感が全身を駆け抜ける。

「あんっ、やぁぁんんっ」

どこもかしこも、変だ。眠っていた細胞がようやく目覚めたように、新鮮な快感を脳に送り込んでくる。

(こんなにいいなんて。信じられない)

欲望に衝《つ》き動かされ、我を忘れて腰を振った。尻の中の陰茎を、すべて味わいたくて、張りも硬さも太さも長さも、裏筋の浮き立つ血管も、腸壁で感じ取りたくて、身をよじり、腰を振り立てた。

喉からは、ひっきりなしに嬌声が溢れ出す。

「身体、溶けちゃうぅ。気持ちよくて、死にそうっ。パパ、うますぎっ。ぼく、こんなの初めてっ」

譫言《うわごと》のように口走ったが、父の耳には届いていないようだった。

暁くん、暁くんっ。

清明は滂沱《ぼうだ》の涙を流しながら、息子の肛門をえぐっていた。

愛してる、暁くん。

もう死んでもいい。

嬉しくて、パパ、死んでしまいそうだっ。

(パパ、そんなに喜んでくれるの。そんなに気持ちいいの)

嬉しい。この幸せが永遠に続けばいい。

そう思いつつ、暁は父の背中に手を回し、さらに腰を振った。

誰はばかることなく、おぞましい近親相姦のまぐわいを、父子は続けた。

どくどくと注ぎ込まれる父の精液を、暁の腸壁は、歓喜の収縮で受け取った。

朦朧《もうろう》としながら、思う。

(ああ。今、ぼくのまわりの色が、変わった)

無機質でモノクロだった世界が、一瞬で色づく。眩《まぶ》しいくらいの、清らかであたたかい喜びの光で満たされていく。

それほど自分は、この瞬間を待ちわびていた。


人にはけっして知られてはいけない禁断の関係だ。

これから先、荊《いばら》の道が待っている。

多くの人を騙し、裏切り、傷つけて生きていかなければいけない。

それでも。

世界のあまりの美しさに、暁は感動し、涙を流し続けた。

狂秋

I

女が口に手を当て、階段の上部から、呼んでいた。

「あきらー、遅いわよーっ」

童話の中の城のような可愛《かわい》らしい教会を背に、純白のウェディングドレスの裾《すそ》を片手で持ち、零《こぼ》れんばかりの笑顔を浮かべている。

爽《さわ》やかな初秋の日差しを浴び、幸せに満ち溢《あふ》れた顔だった。今日は彼女にとって、まさに人生最高の日なのだろう。

「早く、早く。清明《きよあき》さんはとっくに教会に入ってるわよ」

木の陰に身を隠したまま、暁《あきら》はとりあえず返事をした。

「待ってってば。今行くよー」

控え室はホテルの地下だった。結婚式場になる教会は別棟だ。あいだは道なりに木立《こだち》が続いている。暁はそれをいいことに、木の陰でしばらく時間稼ぎをしていたのだ。

面倒臭い。嫌になる。なぜこんな茶番につき合わなければいけないのかと思うが、これを乗り越えなければ自分たちの幸せはやってこない。我慢するしかない。

女が動くたび、あたりに連続したシャッター音が響く。

階段下に群れていたカメラマンやレポーターたちが、感嘆の声を上げる。

「いいなー。今日は最高の画《え》が撮れそうだよ」

誰かが、冗談混じりのような言い方で言う。

「日本を代表する美人演技派女優『愛川《あいかわ》リリー』と、日本の奥様方のハートと胃袋を鷲摑《わしづか》みにしている美青年料理家『曾我《そが》清明』の再婚。さらに、二人のあいだの愛息『暁君』は、天使と見紛う美少年、ってか」

スポーツ紙か女性週刊誌の記者なのかもしれない。たぶん来週あたりは、そういう見出しが各紙面やテレビの芸能コーナーで躍るのだろう。

「ほんと、こんな綺麗《きれい》な画を撮れて嬉《うれ》しいよ。カメラマン冥利《みょうり》に尽きる、ってやつだよな」

やはり同業者らしき男が応《こた》える。

「そうだな。このあいだの某歌姫と年下俳優の結婚式は、なんて言うか、女のほうがぼろぼろシワシワだったからな。整形しすぎ、つーか、劣化激しすぎ。普段の画は、どんだけフォトショ使ってんだよ、って感じだったよな」

「その点、愛川リリーは、ガチで綺麗だよ。屋外なのに、どっから撮っても見栄《みば》えがする」

「しかしさー、曾我も、そばで見るとものすげえ美青年だけどさー」

数人が、ほぼ同時に、続きを言った。

「一番すげえのは、あの『あきら』って息子、だよな」

全員が噴き出した。

「おまえらも、やっぱそう思ったのか」

「俺、一瞬まじで人形かと思ったぞ。そこらの、アイドルの女の子より可愛いじゃん」

「アイドルどころか、俺、世の中であんなに綺麗な子、見たことねぇよ。ほら、白人のガキとか、子供の頃天使みてぇに可愛いじゃん。それでも、あの子ほど壮絶な美形じゃない」

「うんうん。なんちゅーかさ、独特な色気があるんだよな。目つきとか、クラクラする。ガキの色気じゃねぇよ、あれ。俺、ホモじゃねぇのに、勃《た》ちそうだったわ」

「ぜったい、芸能界入れるべきだよな。曾我と愛川の息子だってだけで、十分売れるよな」

苦笑してしまいそうだったが、暁が木の陰にいることは知らないでしゃべっているようだから、彼らは真実を語っているのだろう。

カメラクルーと離れて、レポーターたちも群れていた。テレビでよく見る芸能レポーターが大勢いる。そちらは、女性が多かった。

「それにしても、リリーさん、本当に嬉しそうねぇ。ドレスも可愛いわ」

「あたし、実はファンなのよ。でも、ドラマとか映画で、花嫁姿には何度もなってるけど、あんなに全開の笑顔は初めて見たわ。やっぱり自分の結婚式は、格別なんでしょうね」

それには、暁も内心同意した。本当に、呆《あき》れるほどなにもかもが少女趣味だった。

リリーは、派手な外見に反して、昔から可愛らしいものが大好きだったが、まさか四十過ぎになってまで、『白馬の牽《ひ》く馬車』に乗りたがるとは思わなかった。

馬車が走るのはホテルと教会のあいだだが、そういうわけで父母だけは先に教会へ着いていたのだ。

(馬車に乗っているときも、得意満面の笑顔だったんだろうな)

その姿が目に浮かぶようだ。たぶん明日のワイドショーあたりで放映されるから、いやおうもなく見るはめになるだろう。

「暁ーっ。どこなのー。あんたが来ないと式が始められないわーっ」

母がまたもや叫んだ。報道陣がそばにいるにもかかわらず、地がではじめている。

しかたない。出ていくしかないだろう。いつまでも待たせておいて、へそを曲げられたら大変だ。気合いを入れ、いかにも今走ってきました、というふうを装って、暁は木の陰から飛び出した。

とたんに、全員の視線が、ザッとこちらに向く。

「お、おい、見ろよ、息子だ。息子が来たぞっ。あっちも撮れよ。すげえぞ」

激しいフラッシュとシャッター音に襲われる。

撮られていることは重々わかっているが、あえて無視して、報道陣の横を駆け抜ける。母ほどではないが、暁もある程度カメラには慣れているのだ。

リリーは嬉しそうに手招きする。

「よかった。やっと来たのね、暁。ほら、早く早く」

暁は階段を駆け上がった。

「あんたってばもう、いつまで着替えにかかってるのよ」

言いながらも、母は笑顔を崩さない。本当に嬉しくてたまらない気持ちが溢れ出ている。

暁は子供っぽい口調で謝ってやった。

「ごめ〜ん、ママ。だって、タキシードなんか着慣れてないんだもん。パパとママは芸能人だけど、ぼくは普通の高校生なんだよ」

ブーケを持ったまま、母は暁をギュッと胸に抱く。

母と暁はほぼ同じくらいの身長だが、今日は母のほうがハイヒールを履いているので、張り出した胸が顔に当たってしまった。不快極まりなかったが、黙って耐える。

「そんなことないわよ。かっこよく着れてるわ。さすがあたしの息子ね」

リリーは調子に乗って暁の頬《ほお》にキスまでした。たぶん頬には、べったりと赤く彼女の唇の跡がついたことだろう。

暁はいかにも恥ずかしがり屋の高校生、という芝居を打ってやった。

「や、やだな、ママ、僕もう十六なんだよ」

丸めた拳《こぶし》でごしごしと自分の頬を擦《こす》ってみせる。

報道陣の中の女性たちが「きゃあーっ」と悲鳴のような声をたてた。

やだ、可愛いっ。子猫ちゃんみたい。

無論、そう見えるようにやった仕草だ。騒いでくれなければ困る。

暁としても、今日の自分の役割くらい十二分に把握している。『父母の再婚を喜ぶ無邪気な息子』という役だ。

うまくやる自信はあったし、当然うまくやれるだろう。

リリーも暁の演技にひっかかったようだ。またしても抱き締めてきた。

「いくつになっても、可愛いものは可愛いんだもの。しかたないじゃない。ああ、ほんと、自慢の息子だわ、あんたは」

おめでたい女だ。自慢の息子というわりには、暁のことなどなにも見てはいない。つい先頃まで、吐き捨てるような口調で『おふくろ』と呼んでいたのに、今は子供じみた『ママ』だ。そんな変化にすら気づいていないのだろう。

しかし、母は今回一番の功労者だ。少しくらい誉《ほ》めておいてやってもいいだろうと、歯が浮くような賛辞を吐いてやった。

「ママこそ。最高に綺麗だよ。パパも惚《ほ》れ直すと思うよ」

うふふ、と母は笑う。

「あんたもそう思うのね。実はね～、あたしもそう思ってるのよね。最初の結婚のときは、二人とも若くてお金がなかったから、結婚式もできなかったけど、こういうウェディングドレス、一度くらい着てみたかったの」

「なに言ってるの。ママ、舞台でもテレビでも、何度もウェディングドレス着てるじゃない」

爪の先で、つん、と額を弾《はじ》かれた。

「生意気言ってんじゃないの。仕事で何度着ても、本番は違うのよ」

「うん。さっき、レポーターの誰かもそんなこと言ってた。今日のママの美しさは格別だって。ほんとに可愛くて、幸せそうだって」

「あら、どの記者かしら。誉めてやらなきゃ」

「どの、って、みんなそう思ってるよ」

誰が聞いても、微笑《ほほえ》ましい親子の会話だろう。

(うん。たしかにね。そういう子供っぽいドレスは、ドラマの中では着せてもらえないよね)

外見のイメージと違いすぎる。

世間の見ている『愛川リリー』は、あくまでも大人の女性だ。シックで上品なものを身につけ、お高く取り澄ましている印象だ。『レース』も『リボン』も『白馬の馬車』も、けっして彼女の演じる役には与えられないだろう。

そこでふいに、扉が開いた。

真っ白なタキシードに身を包んだ清明が顔を出していた。

階段の上は『教会』になっているのだ。

「暁くん、リリーさん、なにやってるの。もう、中の準備は整ってるよ」

口調はいつもの優しげなものでも、瞳《ひとみ》が笑っていなかった。もちろん、母はまったく気づいていない様子だが。

「そうなの。じゃあ、外の撮影陣、呼んでも大丈夫かしら」

「テレビクルーの人に訊《き》いてみるかい。でもたぶん大丈夫だよ。式の開始予定は、二時だから、その前に少し撮るのかな」

再婚の上、豪華な披露宴なども行わないので、さすがにスペシャル枠での放送ではないが、一応はどちらも有名人だ。画像は各テレビ局、新聞雑誌社がキープしておきたいらしい。中も外も、そこそこの報道陣の数だった。

「ところで、リリーさん」

ふいに清明が暁の手を引いた。

「ごめんね、式の前に、ちょっと暁くん、借りるね」

「あら。どこに行くの。これから撮影でしょ」

やんわりと清明は返した。

「マスコミが映したがっているのは、『きみ』だよ。むさくるしい男性陣は、邪魔なだけさ」

リリーはにっこりと微笑む。

「やだ。そんなことないわよ。だって、清明も暁も、テレビ映えするイケメンだもの。みんなが映したいのは、そっちよ」

人というのは、環境でここまで変わるのだろうか。

語りかけるのもはばかられる冷たい印象の『愛川リリー』は、今は少女のように笑う初々《ういうい》しい新妻でしかなかった。

胸が痛まないわけではない。

暁にとって彼女は、血の繋《つな》がった母親だ。

(それでも、いい。もう決めたことなんだから)

自分たちは、『愛』を貫く。

自己弁護をするわけではないが、そもそも恋愛などというものは、ほとんどが誰かの涙の上で成り立っているのだ。

よほどモテない者同士の組み合わせならいざしらず、大概がどちらかを想《おも》う相手がいる。

芸能人などは、何万人、何十万人を泣かせて、たった一人と結ばれる。

(パパを好きな女は、ママだけじゃない。世の中にたくさんいるんだし)

だから、泣かせるのは『愛川リリー』だけではない。彼女一人に罪悪感を抱く必要はない。

父は、暁の手を引いたまま、歩き出した。

「ごめん。式までには戻ってくるよ、リリーさん。ほんのすぐだから」

2

ママ、きょとんとしてたよ。どうしたの。強引なことをして、と問い質《ただ》すことは、暁もしなかった。せっかくここしばらく二人でお芝居してきたのに、昔どおりのことしたら、嘘《うそ》がバレちゃうよ、と言おうかとも思ったが、それもしなかった。

二人は無言で、ホテルまでの並木路を歩いた。

繋いだ手は、微《かす》かに汗ばんでいた。清明も自分と同様、茶番劇に嫌気が差していたのかもしれない。

ホテルに着くと、フロント係が慌てた様子で声をかけてくる。

「曾我様、いかがなさいました。そろそろお式の時間では。皆様、式場のほうにおいででございますよ」

「ああ、そうなんだけどね、ちょっと控え室に忘れ物をしてね」

壮年のフロントマンは、恭《うやうや》しく頭を下げた。

「左様でございますか。おっしゃっていただければ、わたくしどもがお届けいたしましたのに」

「いや、いいんだ。きみたちも忙しいだろう。手を煩わせちゃ申し訳ないからね。息子と二人で取りに行くよ」

父の物言いは、あくまでも穏やかだ。誰もが、何も疑わず、言いなりになる。

控え室に入り、扉を閉めたとたん、清明は抱き締めてきた。

「あきらくんっ」

「あ、ん」

「もう、ほかの男たちの目に晒《さら》したくないよ。きみは僕のものなのに」

合意のもとに身体を重ねるようになり、父はどんどん大胆になってきた。

今までは気づかなかったが、けっこうヤキモチ焼きでもあるらしい。

「忘れ物って、そういうことなの」

「だってパパ、イライラしちゃったんだよ。報道の連中、暁くんのこと、いやらしい目で見るなんて、ほんとに腹立たしいよ」

笑ってしまう。

「パパがそんなこと言うの、おかしい」

「どうして」

「だって、ぼくをいやらしくした張本人なのに」

父は眉《まゆ》をひそめる。

「でも、このところの暁くんの可愛さは、パパも驚くくらいだからね。本当に、固かった蕾《つぼみ》が一気に咲いたみたいだよ」

それはそうだろう。今美しくなければ、いつ美しく咲くというのだ。

幼い頃から焦がれて焦がれて、一生叶《かな》うはずもないと諦《あきら》めていた恋だ。

自分でもわかっている。今の自分は、咲き誇る花のようだろう。

「でも、ぼくはパパのために咲いたんだよ。誉めてくれてもいいのに」

「誉めてるよ。誉めてるけど、どうしても、ね」

清明は唇を寄せてくる。暁は身を反らして顔をそむけた。

「あ、ん。だめ。こんなとこで」

キスなどされたら、すぐさま身体が燃え上がってしまう。これから両親の結婚式に参列しなければいけないのに。

「駄目じゃないでしょ。パパに、可愛いお顔、見せて」

両手で顔を挟まれ、上向かされる。

「いつも見てるじゃない。今日だって同じだよ」

父母の再婚話が決まってから、暁はO学園の寮を出て、今は父母とともにマンションで暮らしている。

今度は、念入りに打ち合わせをして、リリーにはけっして二人の仲を疑われないように、家の中ではほとんど接触もしていない。清明は、久しぶりに会ったリリーに惚れ直し、夢中なふりを、暁のほうは、ゲームやネットにハマっている、父などとはろくに口もきかない、ごく一般的な高校生のふりを、している。

失敗は二度と許されないのだ。いくら単純な人間とはいえ、リリーは一応『女』だ。独特の嗅覚《きゅうかく》が働くかもしれない。彼女を騙《だま》せなかったら、この計画は水泡に帰してしまう。

二人で暮らすために。

それが清明との合い言葉だった。

もう離れて暮らすのは耐えられない。愛する人と一緒にいるためには、多少の苦難も堪《た》えなければいけない。お互いに頑張ろう、と。

「でもパパ、暁くんのそういうお洋服姿、初めて見るから」

暁は少し膨れてしまった。

「だって、本当なら、パパとぼくは男同士だから、控え室一緒だったはずなのに。パパ、ママのほうに行っちゃって、ぼくの着替え、ぜんぜん手伝ってくれないし。一緒に着替えてたら、もっと前に見られたのに」

「しょうがないでしょ。リリーさんを放っておくわけにはいかなかったんだから。暁くんだって知ってるはずだよ。あの人、自分のこと構ってもらえないと、すぐヒステリー起こすんだから」

手が服の前に伸びてきた。父は暁の衿元《えりもと》から釦《ボタン》を外しにかかる。

暁は身をよじって、いやいやをした。

「こんなとこで、駄目って言ってるのにぃ」

「だぁめ。今日の『花嫁さん』が、我儘言わないの。パパは、『本当のお嫁さんの暁くん』をもらうために、すごく嫌なお芝居をしなきゃいけないんだから、ご褒美ちょうだい」

暁は清明の胸を押し返した。

「ずるぅい。ぼくだって、『すごく嫌なお芝居』するんだよ」

大好きなパパが、自分じゃない女と結婚するのを、笑って見ていなければいけないのだ。先々の幸せのためだと、頭ではわかっていても、心がどうしても悲鳴を上げる。

不貞腐《ふてくさ》れている暁を見て、父は苦笑した。

「わかってるよ。ごめんね、暁くん。でも、パパだって辛《つら》いんだ。その代わり、ね」

父はポケットを探り、

「いいものを持ってきたんだ」

取り出したのは、フリルとリボンだらけの、純白のショーツだった。

「ほら、見て。暁くんの『花嫁衣装』だよ。パパが着せてあげる」

驚いた。いつの間にそんなものを用意していたのか。

「そんなの、穿《は》くのぉ」

「そうだよ。バージンロードを歩くのに、花嫁衣装を着なかったらおかしいだろう」

暁は、ベールボーイをすることになっている。つまり、母のベールの裾を持ち、後ろを歩く役だ。

普通ならば幼い子供がする役だが、今回は暁に御鉢《おはち》が回ってきた。清明もリリーも、天涯《てんがい》孤独の身の上なので、介添え人もいない。ならば家族三人で一緒に歩きたいと、それは母のたっての希望だった。

そういうことで、暁も父母とともに『バージンロード』を歩くのだ。

にこにこしながら、父はさっさと暁のズボンを下ろしにかかる。

「あ、そうだ。忘れてた。これもあるんだよ」

嬉々《きき》として、次に取り出したのは、銀色の輪だった。

「それ、なに。指輪にしては大きすぎるけど」

「指輪じゃないよ。暁くんのために特注したんだよ。ほら、見てごらん」

輪の内側を見せてよこす。そこには、【K to A】、それから【True Love】と彫られていた。

「プラチナのペニスリングだよ。指輪は目立ちすぎるから、暁くんには、これが一番だな、って思ってね」

びっくりしてしまった。

「真実の愛、って、こんなの、どこで作ったのっ」

「もちろん、パパが作ったんだよ。パパ、暁くんのためなら、なんでもできるんだよ」

気づくと、下半身は裸だった。

「えっ、あっ」

困惑して立ちすくんでいる暁のペニスに、父は素早くリングを嵌《は》めてしまう。

そして、ウインクをして言うのだ。

「おっきくなると、喰《く》い込んじゃうからね。そういう意味でも、暁くんにはうってつけのリングだろう。パパ以外の人とは、もうHなんかできないよ」

ひんやりしたリングを嵌められて、ゾクゾクした。

「こんなことしなくたって、ぼくもう、パパ以外の人なんかとSEXしないよ」

「そうかな。だって、学園にいる頃は、毎日違う人としてたんだろう。パパだけで満足できてるか、心配なんだ」

暁は父の胸を拳で叩《たた》いた。

「もう、変なとこ心配症なんだから」

父は自嘲《じちょう》気味に、笑った。

「心配しないわけないでしょ。こんなに可愛くてHな子を。ほかの誰かに盗《と》られないかと、毎日気が気じゃないんだよ」

嬉しくて嬉しくて、顔が緩んでしまう。

父の手は、服の前まで開け始めている。

「暁くんの、ちっちゃいおっぱいも、隠してあげないとね」

もう何が出てきても驚きはしない。

父が取り出したのは、厚みのないブラジャーだった。ショーツと同様、フリフリのものだ。

無論、それも、父の言う『花嫁衣装』の一部だろう。

「パパ、ちっちゃいおっぱい、嫌いなの」

清明はくすくすと笑った。

「おっきいおっぱいのほうが嫌いだよ。知ってるだろう」

暁も、くすくすと悪戯《いたずら》っぽく笑ってあげる。

「ママ、牛みたいにおっぱいおっきいのに。訊かれたらどうするの」

まさか息子と夫が、こんな会話をしているとは、彼女は夢にも思っていないだろう。

「こーら。意地悪言う子には、おしおきしなきゃいけないね」

「おしおき、ってなぁに」

期待で胸が弾む。

父の瞳には、もうとっくに情欲の火がともっている。自身の股間《こかん》を指差し、

「ほら、見て。可愛い暁くんの姿を見ただけで、こんなになっちゃった」

父は自らのズボンの前立てを開け、いきり勃った男根を掴《つか》み出し、見せびらかすようにし

ごいた。

ごくりと喉《のど》が鳴る。

砂漠で渇きに苦しむ人間が水を欲しがるように、全身が父の精を欲していた。

「どっちにくれるの」

「どっちがいいの」

真剣に悩んでしまった。

式が始まるまで、それほど時間はないだろうが、やっぱり口と尻、両方にもらいたい。

暁は、おずおずと言った。

「あのね。まずお口に飲ませて欲しい」

「フェラチオのおねだりしてくれるの。可愛いね」

暁は父の前で跪《ひざまず》き、押し戴《いただ》くようにペニスを掌《てのひら》に載せた。

うっとりする。びくびく跳ねる魚のようだ。活《い》きがよくて、熱い生命力に満ち溢れている。

(ああ。いい匂い)

頬ずりする。いとおしくて、たまらない。

先走りの雫《しずく》がきらめいている。

ちゅっと先端に一度キスして、ぱくん、と一気に銜《くわ》え込む。

「んっ」

父の呻《うめ》き声も、嬉しい。

舌をくねらせ、絡ませ、唇をすぼめ、茎をしごき立てる。これをするとき、父は無意識だろうが、暁の頭を撫《な》でてくれるのだ。そして、満悦の言葉をかけてくれる。

「ほんとに、上手になったね。気持ちいいよ。それに、きみがフェラチオしてる姿は、子猫がミルクを飲んでるときみたいだ。すごくおいしそうで、見てる僕も嬉しくなるよ」

父のペニスを銜えたまま、暁は視線を上げて微笑んだ。

フェラチオに慣れているかい、と以前父に訊かれたが、そんなことはない。

暁は男性の精液が大好きなくせに、直接口をつけることは、一度もしたことがない。

(だって、本当に欲しかったのは、パパのだけだから。ほかの奴のペニスなんか、舐《な》めたくなかったんだ)

これは、愛情がなければできない。

自分が愛情を抱いているのは、この世で『曾我清明』ただ一人だ。

亀頭に、舌で圧迫を加える。撥《は》ね返ってくる弾力が、力強い。

陰嚢《いんのう》のほうも、たぷたぷと揉《も》み込む。父の太腿《ふともも》の筋肉が、きゅっ、きゅっと痙攣《けいれん》するように締まる。感じている証拠だ。

(パパ、気持ちいいみたい)

陰毛が鼻先に当たるほど、深く喉奥に入れ、また引く。

もうすぐだ。もうすぐ、おいしいミルクを出してくれる。

その日一回目は、とろりとした濃いもの、何度か放つと薄くなってくる。どの時点の精液もそれぞれ味わいがあり、好きだった。

「あ。あきら、くんっ」

父の声が切羽詰まってきた。口の中の陰茎の膨張具合でも察せられた。達しそうなのだ。

暁はさらに唇をすぼめ、ちゅうちゅうと吸い立てた。

「うっ」

呻きとともに父は放つ。

口の中に迸《ほとばし》る精液の熱さと量に噎《む》せ返りながらも、暁は喉を鳴らしてすべてを飲み干した。

(おいしーい)

心からそう思う。

苦くも生臭くもない。これは自分の半分を作り上げたもの、他者の精液とは成分が違うのだ。おいしくて当然だ。

いつまでも名残《なごり》惜しげに陰茎を吸っている暁の頭を、こつん、と父が叩く。

「こら。舐めてたら、また勃ってきちゃうよ。今度は、お尻に欲しいんでしょう」

しかたなしに唇を離した。力を失って小さくなったものは、ちゅぽん、と音をたてて口から飛び出す。ほかの男のものだったら滑稽《こっけい》だと嗤ったただろうが、清明のペニスなので、ひどく可愛らしく見える。

本当に、父のすべてが、恋しくて、いとおしくて、精液も、いくら飲んでも飲み足りない。もっともっとと、欲しくなる。

父は屈《かが》み込み、暁の脇の下に手を入れて、立ち上がらせる。

「やぁん」

「やぁん、じゃないの」

胸に抱き締め、父は暁の頬にくちづけてくれる。

「本当はね、結婚式なんだから、パパ、みんなの見ている祭壇の前で、暁くんに『お注射』してあげたいんだけど、それは無理だからね。ここで、してあげるからね」

言われたとたん、妖《あや》しいまでの疼《うず》きが全身を駆け抜ける。居ても立ってもいられないような熱感だ。

「ぼく、パパの『お注射』、だぁい好き」

首根に腕を回し、しがみつく。

「パパのしてくれること、なんでも、だぁい好き」

今日は、どういうふうに愛してくれるのか。なにをしてくれるのか。

毎日、期待で目が覚める。

リリーの目を盗み、こっそりとＳＥＸをするスリルと背徳感が、今まで以上に二人をその行為にのめり込ませていた。

（もしかしたら、ママ、ぼくらの仲に気づいてるんじゃないかな）

そんな気も、する。ある程度察していながら、あえてその思いに蓋《ふた》をしているようにも、見える。気づかないことが、自分のためにも清明と暁のためにも、最善の策だと。

そういう意味では、彼女は彼女なりに家族を愛しているのかもしれない。

「パパ、今日ぼく、『磔《はりつけ》Ｈ』されたいなっ」

過去の画像で、幼い自分がテーブルの上に押さえ込まれていた。あれを観《み》てから、暁のお気に入りの体位だった。優しいＳＥＸもいいが、獣のように襲われるのも、嬉しい。

「わかった」

一言だけで応えると、父は暁を抱き上げ、テーブルの上に寝かせた。

そのまま、暁の両手を頭上で押さえ込み、身を倒してきた。

唇が重ねられる。股間にあたる父のペニスは、すでに張《みなぎ》り始めている。

「あんっ、パパのおちんちん、逞《たくま》しいっ」

「暁くんに触れてるからね。すぐ大きくなっちゃうんだ」

父は、急に真面目《まじめ》な顔になり、

「脚を開け。犯してやる」

わざと怖い声音で、脅すように言う。

これも、『ごっこ遊び』のひとつだ。

強姦魔《ごうかんま》と被害者ごっこ、王さまと家来ごっこ、先生と生徒ごっこ、いろいろなシチュエーションを考え出して、二人で愉《たの》しんでいる。目隠し、緊縛《きんばく》状態でSEXしたこともあるし、陰毛を剃《そ》られたことも、電車内や公園でしたこともある。

父のノリのよさが好きだった。父とするSEXは、常に楽しくて幸せなもので、快楽と喜びは果てしないのだと、実感させてくれる。

「いやっ、怖い」

暁もわざと怯《おび》えて怖がっているふりをして、それでもおずおずと脚を開く。

父は、ものも言わずに突き入れてきた。

ずぶり、と。

軽く入れられただけなのに、腰が蕩《とろ》けそうな快感だった。暁は反射的に背をそらしてしまった。

「いやぁーっ」

「嫌、じゃないだろう。これが欲しかったんだろう」

肛道を、内からひっかくように猛《たけ》りきったペニスが引き、今度は、ずんっと重い衝撃とともに深突きされる。

「ああ〜んっ」

もう強姦ごっこは続けられなかった。快感のあまり、素が出てしまう。

身体の芯《しん》が焼けるようだ。全身が蕩ける。恥ずかしい声が喉から噴き零れる。

「ああんっ。おっきいっ。どうしてこんなに気持ちいいのっ」

父もすでに、普段のままのしゃべり方だ。

「こら。大きな声立てちゃ駄目でしょ。隣の控室にも、違う人がいるんだよ」

「だってぇ」

甘えた声で言っても、熱の塊が、身体を凄《すさ》まじい勢いで駆け抜けていくようなのだ。

がくがくと腰を揺すり、悲鳴のような喘ぎ声を迸《ほとばし》らせた。

「気持ちよくて、声、止まんないんだもんっ。お尻の中が、パパで、いっぱい。もっともっと、出し入れしてぇ。ぼくを犯してぇ」

腸壁に痙攣が起こり、ビクッビクッと淫筒が父の男根を食い締める。

「もちろん、いくらでも犯してあげる」

磔に押さえ込んでいた手を離し、今度は暁の腰を摑み、逞しい肉の杭《くい》で、ずぶずぶとえぐる。捏《こ》ね回す。突き上げ、掻き回す。

「あんっ、あんっ、あんっ」

立て続けに嬌声《きょうせい》を放ってしまう。昔は考えられなかった。こんな三流のＡＶ女優のような声を自分が出す日が来るとは。

しかし、こういう声がもっともふさわしい快感なのだ。

鼻にかかった甘え声で、「ああんっ、気持ちいいのお。もっともっとしてぇ。いっぱい突いてぇ」と口にすると、気持ちよさがさらに倍増する感じだ。

（気持ちいいっ、気持ちイイッ、気持ちいいーっ）

髪を振り乱してよがり、身悶え、恍惚《こうこつ》とする快感に酔った。

熱波が脳髄を焼き尽くす。

父の動きが、小刻みで性急になってきた。射精が近いのだろう。

「暁くんっ、出すよっ。きみの中に、射精するからねっ」

どくんっ、と膨れ上がったペニスは、二回目とは思えないほど大量の灼熱《しゃくねつ》を噴き出す。

（あ、あ。気持ちイイー）

中に射精されながら、自分もイクのが最高だ。

びくっ、びくっと全身を痙攣させながら、暁は放出の快楽に、酔い痴れた。

息が整うのを待って、父は暁を抱き起こし、顔を覗き込んだ。

「うん。さっきよりもっと可愛いお顔になったね」

身体に力が入らない。父の首に抱きつき、ぐったりとしていた。

「叫びすぎて疲れちゃったかな。だけど、ごちそうさまでした、って言ってくれないの」

素直に暁は、言った。

「ごちそうさまでした」

「おいしかったかな」

「うん、おいしかった」

全身がぐにゃぐにゃだ。このまま眠ってしまいたいくらいだ。なのに、父は恐ろしいことを言い出した。

「じゃあね。これから暁くんは、お尻の中にパパの精液入れたまま、お式に出るんだよ」

ぎょっとした。嘘だと思ったが、父の目は笑っていなかった。

「それは、ヤ。パパ、いじわる言わないで」

直腸内に精液が入ったままだと、漏れ出してしまう恐れがあるのだ。ましてや今日は、白いタキシード姿だ。ズボンの尻部分が濡《ぬ》れてしまったら大変だ。

「意地悪じゃなくて、パパの愛情だよ。いい子だから。我慢して。だって、リリーさんの膣《ちつ》には、パパの精液、入ってないんだよ。知ってるでしょう。パパ、暁くんができてから、一回もリリーさんとSEXしてないんだから」

「う、ん」

それは父から聞いていた。妊娠がわかるまでは、一日何回もリリーの膣に射精したが、子供ができたとわかってからは一度もしていないと。

だから母は、ほかの男を求めるようになったのかもしれないが、どちらが先だったのかは、わからない。

たぶん、清明が毎晩抱いてやっても、あの女は足りなかっただろうし、元来一人の男で満足できるような身体ではなかったのだろう。

「夫の精液を身体に入れて祭壇に向かうのは、『花嫁さん』だけの特権なんだよ」

「そんなこと言われてもぉ～」

まだ渋っていると、父はまたしてもポケットに手を突っ込んだ。

「洩《も》らしちゃったら可哀相だから、栓をしておいてあげる」

わざわざそんなものを持ってきたのか、と驚く暁を、料理の材料でも扱うように手際よく裏返すと、肛門に、アヌスプラグを捻《ね》じ込んでしまう。

当然、悲鳴を上げてしまった。

「あーん。きつぅいー。これ、嫌い。やだ、抜いてー」

何度か入れられたことはあるが、いつもひどく苦しいのだ。

押し拡《ひろ》げられているために、中の精液が荒れ狂い、凄まじい勢いで駆け下りていく。なのに、ストッパーをかけられているので、排泄《はいせつ》することもできない。

気が狂いそうな痺《しび》れが脳髄を犯す。

暁は、父の胸を拳で小さく叩いて抗議した。

「やだやだ。パパの馬鹿ぁ。取ってよおっ」

それでも父は楽しそうに笑いながら、『花嫁衣装』を穿かせにかかる。

「ほら、あんよ、あげて。片方ずつね。早く戻らないと、もう時間がないからね」

睨みつつも、暁は従った。

こんなことをされても、内心嬉しいのだ。パパと過ごす日々には、喜びと幸せしか、ない。


バージンロードを歩む母のベールの裾持ちは、暁がやった。

両側から、閃光《せんこう》のようなフラッシュが焚《た》かれる中、脂汗《あぶらあせ》を流しながら歩いた。

一歩一歩進むごとに、苦しみが増す。注がれた精液が、腸管の中で暴れている。

さすがにリリーは、息子の異変に気づいたようだ。振り返り、尋ねてきた。

「あら。暁、どこか具合でも悪いの」

白々しく父が応える。

「そうじゃないよね。パパとママの結婚式に感動してるんだよね」

暁はかろうじて答えた。

「う、うん。そうなんだ。ぼく、感動してるんだよ」

少し憎らしくなってきた。

(ひどい、パパ)

お尻の中に射精されて、その後に歩いたら苦しいと、前々から言ってあるのに。

それだけではない。控え室では、中途半端に軽くしか抜き差ししてくれなかったから、火が着いた内壁が、じくじくと疼いている感じなのだ。

(早く終わって)

続きのSEXをしてもらいたい。

お尻にペニスを入れて、激しく掻き混ぜてもらいたい。


結婚式後。母は、申し訳なさそうに手を合わせた。

「ごめんね、清明。なんだか、大急ぎでロケに出発しなきゃいけないんですって。馬鹿マネージャーが、スケジュール調節しそこなったらしいの。今頃来て、そんなこと言うのよ。頭にきちゃうっ」

父は、にこやかに応える。

「いいんだよ。リリーさんは、お仕事をしているときがいちばん輝いているんだから。もっともっとお仕事しなきゃ。それで、日本だけじゃなくて、世界にも羽ばたけるくらいの大女優になってよ。僕たちは、それを応援するのが幸せなんだよ」

母は照れ笑いになる。

「そうかしら」

父は、暁に質問を振ってきた。

「もちろん、そうだよね。マネージャーさんのことも、怒っちゃいけないよ。彼女は、いつもきみのために頑張っているんだよ」

二人だけにわかる意味深な目つきだ。

(パパ、もしかして、なにか画策したんじゃないかな)

母のマネージャーは、年増のさえない女だ。『曾我清明』が、にっこり微笑んで「妻には仕事をたくさんあげてね。少し無理めでも、たとえ結婚式の直後でも、彼女は仕事が生きがいなんだから」とでも囁《ささや》けば、催眠にかけられたように言いなりになるだろう。

以前から、『愛川リリーの仕事の半分は、曾我の口利きだ』という噂《うわさ》を聞いていた。別れても父は陰であれこれ母の仕事を援助していたらしい。他者からはそれが愛情のように見えていたようで、だから、再婚となっても誰も疑わなかったのだろうが、リリーを常時多忙にさせておくのは、こちらにとって大変メリットがあるからだ。しかしそれを知っているのは、父と自分だけだ。

暁も、笑みを浮かべて、うなずいてやった。

「うん。お仕事頑張って。ママはぼくら二人の大事なお姫様なんだから」

「やだわ、もう。この子ってば、からかって」

ぽうっと頬を赤らめ、単純なリリーは迎えの車に乗り込んだ。

3

報道陣を捌《さば》き、撤収させた後、

「お疲れさま。僕の花嫁さん」

父は、ちゅっと暁の頰にくちづけた。

もう人はいなかった。たとえいたとしても、誰も咎《とが》めはしないだろう。曾我清明と暁は、人も羨《うらや》む仲のよい『親子』なのだ。

「今日は、ホテルに泊まるんだよね」

「うん。そうだよ」

「ぼく、早くさっきの続き、して欲しいな」

「パパもだよ。式が長くて、イライラしちゃったよ」

父の腕に腕を絡ませ、暁は歩いた。

幸せが胸にこみ上げてくる。

もうなにも思い煩うことはない。

人目をはばかる必要もない。母さえ味方につけておけば、あの牢獄《ろうごく》へ入れ直されることもない。

暁は都内の高校に転校していた。

これからの未来は、光に溢れているように思われた。自分たちは、賭《か》けに勝った。先々には、夢と希望だけが待っている。そう思い、浮かれていた。

それなのに。

ヒリヒリと肌を刺すような視線を感じてしまったのだ。

並木の、あいだから、だ。

一瞬思ったのは、リリーが戻ってきたのかと、そういうことだった。恐る恐る、暁はそちらに目をやった。

「や、山際《やまぎわ》、先輩っ」

一応は呼び捨てにしないで『先輩』をつけたが、声は裏返ってしまった。

驚愕を隠せない暁に向い、山際はつかつかと歩み寄ってくる。

「暁、ちょっと来いよ」

強引に手を引き、木陰まで連れていく。

本気で焦った。いるはずもない場所に、いるはずもない人間がいる。

自分はもうO学園の生徒ではない。他校に転校している。なのになぜ、こんな場所で過去の亡霊のような奴に出会うのだ。

拒むこともできずに、暁は引っ張られていった。

「先輩、どうして、ここに」

それに、あの学園は、そう簡単には抜け出せないはずだ。山際はどういう言い訳で外出許可を取りつけたのか。

「随分と驚いてるな、暁」

「そ、それは」

「もう俺なんかとは、二度と逢《あ》うつもりはなかった、って、そういうツラだよな。俺が手紙を書いても、ぜんぜん返事もよこさねぇでさ」

唐突に、山際はゾッとするような質問をぶつけてきた。

「おまえら、ほんとはデキてるだろ」

「えっ」

父もそばにいるのに、いったいなんて質問をしてくるのだ、こいつは。

「どんだけおまえとヤッたと思ってるんだ。そのくらい鼻でわかる」

言っていることは真実だろう。たしかに山際なら、鼻で嗅《か》ぎつけてもおかしくない。こいつはある意味『動物』だ。

返事もできずにいると、山際はさらに凄《すご》む。

「おまえ、今、男の精液の匂《にお》いプンプンさせてるぞ。親父《おやじ》に、何発ブチ込んでもらったんだ」

カッとなった。

驚愕のあまり言われっぱなしだったが、自分にとって、『曾我清明』はただの『男』ではない。愛する父であり、この世で唯一愛する男性だ。

暁は気色ばみ、食ってかかった。

「下品な言い方するなよっ」

「下品だろうがなんだろうが、ほんとのことじゃねぇかっ。いったいなにやってんだよっ。おまえら、本当の親子じゃねぇのかよっ」

ムッときて、言い返した。

「本当の親子だよ」

「なのに、乳くり合ってやがんのか」

言わせておけばいい気になって。

暁は傲岸《ごうがん》に顎を反らし、冷たく尋ね返してやった。

「それのなにが悪いの」

虚勢もそれまでだったらしい。暁の勢いに押された様子で、山際は、いつもどおりの気弱な態度に戻り、おろおろと言い訳した。

「悪いって言ってんじゃねぇよ。そうじゃなくてな。だったら、俺とも、ヤッてくれよ。今までどおりに。このことは、誰にも内緒にしといてやるからさ」

ふいにゾッとした。つい先日まで、連日のようにこの類人猿とSEXをしていたのだ。そう考えると、身の毛がよだつような思いだった。

「やだよ。もう、おまえとなんかしたくない」

心から愛する男性と、幸せに満ちた性生活を送っているというのに、どうしてこんな下賤《げせん》な代用品を使わなければいけないのだ。

山際は、親切ごかしに、耳元で囁く。

「なあ、よく考えてみろ、暁。自分の息子に手を出すような父親が、まともな人間だと思うか。おまえ、騙されてるんだよ。おまえが可愛いすぎるから、曾我清明は、頭おかしくなってるんだ。息子とヤルなんて、普通じゃねぇぞ」

瞬時ひるんだが、暁も負けずに言い返した。

「まともだとか、まともじゃないとかが、そんなに大事なのっ」

妙に真剣な眼差《まなざ》しで、山際は言った。

「俺、聞いたことがあるんだよ。本物の悪魔は、ものすげえ綺麗なんだ、って。そうじゃねえと、人を騙せないから、めちゃめちゃ美しいんだって」

口角から泡でも吹きそうな勢いで、後を続ける。

「曾我清明は、綺麗だよ。男でも見惚《みと》れるくらいな。だけど、三十過ぎで、あの綺麗さは、異常だろっ」

「なに、その言い方。パパが悪魔だって言いたいのっ」

山際はふいに、手で目を押さえた。

「やべぇな」

「なにが、だよ」

「おまえ、なんだよそのしゃべり方はよ。めちゃめちゃ可愛いじゃねぇかよ。学園にいたときとは、まるで違う」

意外なふうに話を持っていかれて、少々面食らった。

「それが今、なんの関係があるんだよ」

「わかんねぇのかよ」

「わからないよ」

不貞腐れたように山際は吐き捨てた。

「おまえは、誰に抱かれても顔色ひとつ変えなかった。俺だけじゃなくて、学園の、けっこうな数の奴とヤッてたよな。それでも、誰もおまえを変えられなかった」

「きみ、話はまだ続くのかい」

ハッとした。父が歩み寄ってきていた。話を聞かれたのかと、暁は蒼白《そうはく》となった。

「パパッ」

清明は山際と暁のあいだに割って入り、にこやかではあるが、凄まじい迫力で威嚇した。

「息子に、なにか用なのかな。それだったらまず、父親の僕に挨拶《あいさつ》するのが筋じゃないかな」

山際は声を張り上げた。

「俺はっ、山際だ。暁の、学校の先輩だっ」

まったく動じず、清明は笑みを作った。

「ああ。きみのことは聞いているよ。暁を毎日のように抱いてくれてたんだってね」

握手を求めるように、手を差し出す。

「ありがとう。お礼を言わせてもらうよ。僕がいないあいだ、少しでもこの子は慰められただろうからね」

山際は、手荒く父の手をはたいた。

「な、なに、白々しく挨拶なんか求めてんだよっ。あんたっ、人間として恥ずかしくねぇのかよっ。あんたのしてることは、犯罪だぞっ」

冷え冷えとした声で、清明は応える。

「犯罪といってもね、じゃあ、誰が僕を裁くの」

「そ、そりゃあ、警察、とか」

「被害者は誰」

暁も、清明を援護した。

「ぼ、ぼくは、被害者なんかじゃないっ。ぼくは、好きだからパパに抱かれてるんだっ。他人にとやかく言われたくないよっ」

瞬時ひるんだ様子の山際に、父は穏やかに問いかける。

「きみは、暁のことが好きなんだね」

山際は声を荒らげて答える。

「当たり前だっ」

「でも、それは気の迷いだよ」

きっぱりと断じられて、山際は目を剝《む》いたが、すぐさま反撃にかかる。

「う、うるせえっ。俺は、本当に暁が好きなんだっ。いくら父親だって、邪魔する権利なんかないんだぞっ」

父は鼻先で嗤《わら》った。

「権利、だって。きみのほうこそ、なんの権利があるんだい」

山際は目を剝く。

「知っているとは思うけど、僕は料理人なんだよ」

無愛想に山際は応えた。

「嫌みだな。知らねぇ奴なんかいねえよ」

「だったら、料理人が一番嬉しい素材は、なんだかわかるかな」

さらに目を剝いて睨《にら》んできた。

「まさか、そのために暁を育てたっていうんじゃねぇだろうな。てめえの欲望の対象にするために」

「育てた、だけじゃないよ。その前からだよ」

父は手を伸ばし、暁の頭を撫でた。

ひどくいとおしげに。

「この子には、もう教えてある。母体から、探したんだよ。僕の理想の子供を産んでくれるような女性をね」

「てめえっ、暁を養殖の魚かなんかみてぇにっ」

挑むように、父は応える。

「養殖が、なぜいけないの。僕は、最高のかけ合わせをして、手塩にかけて、この子を育てた。これ以上の愛情はないと思うよ。人に意見されるいわれはない」

「そ、それは」

「きみは、この子の恋人かなにかのつもりだったのかな」

虚を衝かれたように、山際は黙った。

「それとも、正義のヒーローかな」

自棄《やけ》になったように、怒鳴り散らす。

「うるせえ、うるせえっ。偉そうに、なにほざいてやがんだよっ。あんたのしてることは、性的虐待なんだぞっ。俺が警察に申し出れば、あんた、犯罪者だし、料理の世界でだって、やってかれなくなるんだ。俺の親父は、国会議員なんだ。なんでもできるんだっ」

なにを言われても、清明は天使のように薄く笑むだけだった。

「言ってもわからないようだね。だったら、ついておいで。きみにわからせてあげるよ」

驚いたのは暁のほうだった。

「パパッ。いったいなに言ってるのっ」

父は暁の肩を抱いた。

「大丈夫だよ。心配しないで。パパがきっと彼を説得してあげるから」

清明のことは信頼している。

それでも、怖かった。

山際のしつこさは、暁が一番よく知っている。

ホテルの部屋に入るまで、三人とも無言だった。

入って、鍵をかけるなり、父は山際に言う。

「きみ、念のため、縛らせてもらうからね。これからすることを邪魔されたら嫌だからね。手を前に出して。手首をつけて」

ぎょっとしたようだったが、あまりに爽やかに言ったためか、逆らうこともなく、山際は両手首をくっつけた。父は、クローゼットからガウンの紐《ひも》を取り出すと、手早く山際の手首を縛ってしまう。

「じゃ、きみは椅子《いす》に座っていて。特等席だよ」

肩を押さえ、山際を椅子に座らせる。

「ああ。もう一本紐があるから、椅子にも縛っておこうかな。念には念を入れて、ってことでね」

さも愉快そうに、父は言い、縛りつけてしまう。

暁はハラハラしながら成り行きを見守っていた。

(パパ、なにするつもりなの。僕たちの秘密が世間にバレたら、大変なことになるのに)

どうして父はいつも落ち着いているのだろう。こんな、絶体絶命のような状況で、笑っていられるのだろう。

昔からそうだった。なにがあっても、動じない。常に最速で、的確な手を打つ。

以前、一人だけ、似たような雰囲気を持つ人をテレビで見たことがある。

その人は、地球のもっとも危険な地域で長年傭兵《ようへい》をしていたという話だった。穏やかで、にこにこと微笑みながら語っていた。なにがあっても、驚かず、興奮もしなかった。

なぜ父がそんな人と似ているのか不思議だが。父もまた、戦場で命を賭けてきた人間のような気配が、時々、する。

だからこそ、気性の荒い山際でさえ、言いなりになっているのだろう。

「じゃあ、暁くん。始めよう」

微笑みを浮かべたまま、暁に近づく。お姫様を抱き上げるように、そっと抱き上げ、ベッドに座らせる。

「お洋服脱がせてあげるね」

暁は怯えて首を振っていた。

「い、いや、パパ」

「でも、彼に、真実を教えてあげなきゃいけないだろう。そうしなければ、いつまでも暁くんを追いかけるよ。彼、お父さんがなかなかの権力者みたいだしね」

笑う父は、背筋が粟立《あわだ》つような美しさだった。

父の手は、暁の服を脱がせていく。驚くべき早さで。

ようやく山際は我に返ったようだ。椅子に縛りつけられたまま、尖《とが》り声を上げた。

「あんたっ、いったいなにやってんだよっ」

気だるげに、父は振り向く。

「うるさいなぁ。やっぱり口も塞がなきゃいけないかな。邪魔するなら、特別ショーを見せてあげないよ」

「俺の前でヤルつもりなのかよっ」

清明は、こともなげに、うなずく。

「そうだよ。だって、そうしないときみ、絶対納得しそうもないから」

二人の会話を聞いて、暁は怖気《おぞけ》立った。

「やだっ、やめて、パパッ。そんなことしなくても、そいつ、言えばわかるよっ。縛ってるの、解いて、追い出してよっ」

「駄目だよ、暁くん。言えばわかるような人間は、ストーカーなんかにならないよ」

「でも、ストーカーってほどじゃ、」

言いかけたところを遮られた。父は顎で山際を指し、

「暁くんが怖がると思って言わなかったけど。その彼、もう何回もマンション付近で見かけてるんだよ。たしかO学園は、簡単には出られないはずだよね。どういう手を使ったんだか、でもそういうのを『ストーカー』って言うんじゃなかったかな。暁くんは優しい子だから、そう思いたくないのはわかるけどね。親としては許せないんだよ」

ぎくりとして視線を流すと、山際はばつが悪そうにそっぽを向いた。だから真実なのだと察せられた。

(でも、こいつならやりかねないな)

学園内でも、暁の尻ばかり追いかけて、暁がSEXした人間に、片端から喧嘩《けんか》を売ってい

たと聞く。

暁は唇を嚙《か》み締めた。

(さっきまであんなに幸せだったのに)

なぜこんな事態に陥ってしまったのか。

父はなぜ、こんな奴を部屋に連れ込んだのか。説得するにしても、父親の権力を笠に着て相手を威嚇するような奴だ。以前から陰湿なタイプだった。自分たちの身体の関係を見せつけたとしても、山際がおとなしく引き下がるとは思えない。

「パパ」

どうするの。どうするつもりなの、と問いかける眼差しで見つめる。

返事の代わりに、父は唇を寄せてきた。

舌を絡める甘いキスの後、にっこりと笑う。

「心配しないで。パパに任せて。パパ、何を引き換えにしてもいいくらい、暁くんを愛してるんだよ。だから、邪魔者は排除する。当然のことだろう」

「う、ん。それは、そうだけど」

もごもごと答えていて、気づく。

そんな会話の合間に、暁は丸裸に剝かれていたのだ。悲鳴を上げてしまった。

「きゃっ、やだっ」

先程の性行為の後、シャワーも浴びていない。もちろん、まだアヌスプラグも刺さったままだ。

山際が、瞠目していた。目敏《めざと》く見つけてしまったようだ。

「な、なんだよ、暁、それっ。ケツになに刺してやがんだよ。それにおまえ、毛が、ねえじゃねえかっ」

父は鼻高々で説明する。

「ああ。アヌスプラグかな。これは、さっきSEXしたときに、精液が洩れ出さないように嵌めておいたんだよ。きみはまだまだ子供だね。こういうものの存在も知らなかったのかい。毛のほうは前に剃ってしまったんだ。もともと薄い茂みだったしね。赤ちゃんみたいで可愛いだろう。この子は、僕とだったらどんな遊びも愉しんでくれるからね」

ベッドの上で胡坐《あぐら》をかき、父は赤ん坊のように暁を膝に乗せる。

無論、暁の下半身を見せつけるように、大股《おおまた》を開かせて、だ。

(ひっ)

「いい子だったね、暁くん。パパの言いつけを素直に守ったんだからね。じゃあ、プラグを抜いてあげるからね」

肛門括約筋《かつやくきん》がきつく締めつけていたので、抜く際、ずぼっといういやらしい音がたってしまった。

暁は身震いした。

抜かれてホッとしたが、精液が一気に溢れてきそうだった。

そんなことはお構いなしに、父は暁の肛門に左右の手の指を引っかけ、開いて見せる。

「きみ、山際くん、だったっけかな。暁の直腸内部を、こうして見たことがあるかい」

暁は狼狽《ろうばい》し、息を呑んだ。拡げられた孔《あな》に、ひやりとした風が入り込む。

「いや、やめてっ」

肛門を締めていなければ出てしまいそうなのに、現に溢れ出す嫌な感覚がしているのに。じたばたと暴れたが、暁の抵抗など無視して、父は続ける。

「綺麗な色をしてるだろう。それで、」

ずぶっと指を差し込み、ぬちゃぬちゃと掻き回してみせる。

暁は半狂乱で、身を揉むようにのたうち、悲鳴を上げた。

「ああんっ、恥ずかしいっ。お願い、やめて、パパッ」

父に媚《こ》びての言葉でも、山際に対してのあてつけでもなかった。本当に、羞恥《しゅうち》で身が震えるのだ。涙さえ滲《にじ》んでくる。

(どうして、ぼく、『恥ずかしい』なんて口走ったんだ)

今、目の前にいるのは『山際』だ。類人猿と馬鹿にして、散々食い散らかした男だ。暁は明るさなど気にしないでどこでもSEXをしたから、どの男も、暁の身体の隅々まで知っているだろう。今さらこんな奴になにを見られてもかまわないではないか。

頭ではそう思っているのに、口が裏切る。

「やだ。先輩、お願い、見ないでぇ」

泣き声で哀願している。身体のほうも、恥ずかしさにくねってしまう。

父は山際を挑発するように、言う。

「どうだい。きみとしたとき、暁はこんなに感じていたかい。こんなふうに身も世もあらぬような姿で、恥ずかしがったかい。そんなことはないだろう」

立ち上がろうとしたのか、椅子ごとガタガタと身悶えつつ、山際は叫んだ。

「あきらっ」

「暁くん、全身、真っ赤だね。ほら、先輩に見てもらえばいいよ。嘘なんかついてない証拠だからね」

父に言われれば言われるほど羞恥が増す。

「いや、パパッ。ほんとに恥ずかしいの。もうやめてっ」

だって、パパにさわられたら、感じてしまうの、止められないんだ。こんな奴に、ぼくが恥ずかしがっている姿を見せないで。パパと二人だけの秘密なのに。

山際は手負いの獣のように咆哮《ほうこう》する。

「やめろよ、あんたっ。暁、嫌がってんじゃねぇかっ。黙って見てりゃあ、なにやってやがんだよっ。それが性的虐待じゃなくて、なんだっていうんだっ」

「まさか。嫌がってるんじゃなくて、感じてるんだよ、これは」

父はそして、ついに恐ろしい振る舞いに、出た。

暁の膝裏に手を入れ、持ち上げ、自身のいきり勃ったペニスの上に、落としたのだ。

当然のことながら、ずぶずぶと刺さってしまった。

連日の肛交で馴《な》れ、先程の精液でぬめっていても、灼熱の男根で串刺《くしざ》しにされる衝撃は凄まじかった。

「あう、ううっ」

苦痛の悲鳴を上げ、喉を反らす。だが、力強く厚い父の胸に後頭部を擦りつけるだけで、逃げることなど叶わない。

「あきらーっ」

一瞬、意識を失ったようだ。

我に返ったときは、尻の中の熱さに喘いだ。すでに十分潤っていた秘孔は、父のペニスを歓喜して受け入れていた。父は腰を軽くグラインドさせながら、暁の身体を持ち上げ、落とす。それが、どうしようもなく気持ちがいい。

ずちゅっ、ずちゅっ、と喜悦の音が室内に鳴り響く。

亀頭で肉の内部をえぐるように擦られると、たまらない。上下させられるたびに、

「ああんっ、は、あああんっ」

三流のAV女優でもこんなあからさまな声は上げないだろうと思うほど、露骨な喘ぎを噴き零してしまう。

抑えようがないのだ。

抗《あらが》っていたはずなのに、見られながらのSEXなど本当に嫌だったはずなのに、全身が歓喜に震えていた。太く逞しいペニスで腸内を掻き回され、いたぶられると、頭の中が真っ白になる。

「あんっ、あああんっ、いいっ、すごいいーっ」

山際は顔面蒼白になっていた。

「な、なんだよっ。どうしたんだよ、あきらっ。おまえ、薬でも使われてんのかっ。嫌がってたのに、どうして入れられたとたんに、そんなになっちまったんだよっ」

暁を突き上げながら、父が応える。

「薬なんかなんにも使っていないよ。きみだってずっと見てたからわかるだろう。この子は、本当に快感に噎《むせ》んでるんだよ。いつもこうだよ」

山際は半泣きだった。

「嘘だっ。だって、暁は、誰とヤッても感じねぇって言ってたんだ。いつも、氷みたいな表情で、嘲笑《あざわら》ってたんだぞっ。どんなに突っ込んでも、喘ぎ声ひとつ上げずに、薄ら嗤ってやがったのに」

「それは、愛する男に抱かれていなかったからだよ。わざわざきみにこういう姿を見せてあげたのに、まだ納得しないのかい」

脳裡《のうり》で閃光《せんこう》がスパークする。

そうだ。山際に見せつけてやればいい。

これが、自分の本当の姿だ。愛し、愛されている男性とのSEXだと、自分はここまで感じるのだと、わからせてやればいい。

暁は、淫《みだ》らな涎《よだれ》を垂らしながら、甘ったれた幼児のような語りで言い募る。

「あのね、山際先輩。パパにしてもらうと、ぼくこんなに感じるの。見てわかるでしょう。先輩のときとは違うの。誰のときとも、違うの。だって、『パパ』なんだもの。ぼくを犯してくれてるの、『大好きなぼくのパパ』なんだもの」

父は嬉しそうに先をそそのかす。

「じゃあね、言ってごらん。暁くんは、実際にはどういうふうに感じるか。どういうふうに気持ちいいのか。パパも聞きたいから」

奇妙な興奮に操られ、暁は促されるまま口走った。

「中が蕩けてるのみたいなの。パパのおっきいペニスで、ぐちゅぐちゅって掻き混ぜてもらうと、気持ちよくて、もうなんにもわかんなくなるの。頭、真っ白になって、お尻の中が、びくっびくって収縮して、全身に気持ちよさが電流みたいに流れるの。もっともっとしてもらいたくて、頭おかしくなりそうになるの」

満足そうな父の声。

「すごく素直で、可愛いお返事だね。じゃあ、もっともっと、ぐちゅぐちゅしてあげるね。暁くんがおかしくなるまで、気持ちよくしてあげる」

呂律《ろれつ》が回らない。舌先、爪先まで、快感電流で感電しているようだ。

「あのね、パパ。一回精液注いでもらってからね、抜き差ししてもらうとね、いやらしい音がして、好き。滑りもよくなって、中の気持ちいいポイントを、ずんっずんって擦るんだよ。すごいんだよ」

山際は赤鬼のように真っ赤な顔になっていた。目も血走っている。渾身《こんしん》の力を振るって紐を切ろうとしているらしい。

「やめろっ、もうやめろーっ」

「どうして」

反対に、父の声は淡々としていた。

「今さらそんなに暴れるくらいなら、なぜここについてきたの。僕が縛ろうとしたとき、反抗しなかったの。きみ、言っていることとやっていることが、一致しないよ」

「そ、それはっ、てめえが暁の親だし、曾我清明だから、こっちも逆らえなかったんだよっ。

油断したんだ。まさか、暁にそんなことするなんてわかってたら、すぐに警察呼んでたに決まってるだろっ」

父は苦笑しているようだった。

「よく言うよ。きみだって、暁の身体を散々弄《もてあそ》んで、堪能《たんのう》したんだろう。僕がどうして警察に通報されなきゃいけないいんだい」

「したけど、したけども、」

山際は吠えた。

「俺が知ってるのは、そんな暁じゃねえっ。そんなふうに、狂ったみたいに、気持ちいい、気持ちいいって叫ぶ暁なんか、暁じゃねえっ」

父と山際の会話は、脳のどこかが聞いていたが、そんなことはどうでもよかった。自身の快楽を追うことだけでいっぱいだった。

「いやぁ、パパ、もうやめてっ。気持ちいいのっ。気持ちよすぎて、おかしくなるうっ」

直腸が煮え滾《たぎ》る。快楽で気が狂う。

絶え間ない悦楽に、のたうち、嬌声を上げ、痴態の限りを見せつけた。すでに暁は快楽の虜《とりこ》だった。

「あっあっあっ、やぁぁ、出るうっ。出ちゃううう――――っ」

4

絶頂痙攣が治まると、深く甘い吐息とともに、暁の身体は弛緩《しかん》した。

ハァハァと息を弾ませ、恐る恐る山際に視線を流す。

こんな姿を見られたことが、心から恥ずかしかった。

そうして、ようやくわかった。

自分と山際がしていたのは、『SEX』ではなかった。子供同士、裸で身体を擦り合わせているだけの遊びだった。

本当の『SEX』は、こんなにも感じるものだったのだ。幸福と快感で我を忘れ、叫んでしまうような強烈なものだった。

吐き捨てるように、山際は低く訊いてきた。

「これから、あんたら、どうするつもりだ」

父の返事は、あいかわらず穏やかだ。

「どうするって、どういう意味だい」

「あんた、愛川リリーと再婚したんじゃねぇのかよ。息子と乳くり合ってるなんて、女房に知られたら大変なことになるだろうが」

「リリーさんとは、仲良くやっていくつもりだよ」

「バレねぇと思ってんのか」

「バレたら、そのときに対策を考える」

山際は、ケッと嫌みに嗤った。

「へえ。殺したりすんじゃねえのか」

「そうだね。それも選択肢のひとつだね」

暁が口を挟む前に、父は言い添えた。

「もちろん、極力努力するよ。なるべく殺したくはないし、彼女を不幸にもしたくない。リリーさんは、愛する暁くんを産んでくれた人だし、暁くんとは血が繋がってる。僕は僕なりに、彼女を愛しているよ。この世の女性の中では一番だと思う。でも、『暁くん』に対しての愛情は、桁《けた》が違う。それだけだ」

山際は、声を上げて笑った。

「潔いくらい、徹底してるんだな。そこまでいくと、かえって尊敬するよ。だが、もう一回尋ねるけど、暁との関係をやめる気はまったくないのか」

きっぱりと、父は言い切る。

「ないね。僕は死ぬまで暁くんを愛していくよ」

「そう言っても、あんたは先に死ぬんだぜ。その後はどうすんだよ」

それには暁が答えた。

「もちろん、すぐに後を追うよ。当たり前じゃないか。パパのいない世界なんて、ぼくには耐えられないもの」

嫌がらせでもなんでもなく、心から言ったように、ぽつりと山際はつぶやいた。

「狂ってる」

清明はひるむ素振りも見せず、質問を振る。

「じゃあ、きみは狂っていないの」

「えっ」

見せびらかすように、暁の身体を撫でていく。イッたばかりなので、全身が敏感になっている。暁は身悶えてしまった。

「この子は、僕の『天使』なんだ。僕がこの子を生み出し、育てた。理想的な女を選んで種つけした。さっきいみじくもきみが言ったよね。養殖の魚みたいに、って」

艶然《えんぜん》と微笑み、続ける。

「そうだよ。『天使』は、自分の手で育て上げなければいけないんだよ。そして、この子は、僕の『暁』なんだよ。きみのじゃない」

「言ってる意味が、」

「わからない、って。じゃあ言い直してあげる。きみが求めているのは、本当に『この暁』

なのかな」

山際は、ギョッとしたようだった。

「今、きみが想像したことを言い当ててみせようか」

顔色を変えて、山際は止めようとした。

「な、なにも、想像なんかしてねぇよっ。やめろよ、変なこと言うのはっ」

「嘘だね。じゃあどうしてそんなに青ざめてるの」

山際は驚くことに震え始めていた。

股間は、見事に勃起していた。

「狼狽してるよね。暁の抱かれている様《さま》を見てるときより、今のほうが。それがどういう意味だか、自分でもわかってるはずだよ」

山際は視線を逸《そ》らし、ガタガタと震えている。心中でなにか葛藤《かっとう》しているようだった。

「きみは、僕の暁を長年可愛がってくれたようだから、お礼に教えてあげるよ。『きみだけのあきら』の作り方を」

ハッとしたように視線を上げる。その目には、今までとは違った色が浮かんでいた。

父は、慈愛に満ち溢れた物言いで、続ける。

「山際くん。きみは、あまり美しい容姿ではないね。それは自覚しているよね」

「ああ」

「でも、きみの『あきら』は、そんなきみでも、世界で一番きみを愛してくれるんだ。きみだけの前で脚を開き、きみだけからくちづけを欲しがる。ほかの男になんか見向きもしない。愛してると、きみの胸に抱きついて、甘い声で言うんだ。どうだい。そういう『天使』を、作り上げたくないかい。人の作った『天使』を横取りしたって、結局は自分の本当の理想の相手じゃないんだよ。今、『僕のあきら』を見ていて、わかっただろう。この子じゃない、って」

山際の答えは、これだった。

「そ、そんなこと、許されるはずがねえっ」

暁が応える。

「だから、誰の許しが必要なの」

山際の視線が、おどおどとこちらに向く。

「先輩。ぼくが不幸せそうに見えるの」

何かに操られるように、山際は答えた。

「見えねえ」

暁も父を真似《まね》、艶然と見えるであろう微笑みを浮かべてやった。

「ぼくのパパは、たしかに美しいけど、でもぼくは、パパがおまえでも、愛したよ」

がっくりと肩を落とし、山際はしばらくうなだれていた。

視線を上げたときには、すがるような表情になっていた。

「ひとつだけ、教えてくれ、暁。おまえ、本当に幸せなのか」

「うん」

「神に誓っても、か」

噴き出してしまった。

「神なんて言葉を、先輩から聞くとはね。でも、言って欲しいなら言ってあげる。『神』にでも『悪魔』にでも誓ってあげるよ。ぼくは幸せだ」

変なところで生真面目な男は、うつむいて涙を流した。

「きっと、バチが当たる。呪《のろ》われる。許されるはずがねえ」

それは、こちらに言っているのか。それとも、自分に言っているのか。

「いいよ。それでも、ぼくはパパを愛してる」

見せびらかすように、父の首にすがりつく。

「ね、パパ。キスして」

優しく美しい父は、暁を腕に抱き、熱烈なくちづけを、してくれた。

「ぼくは、パパだけの『天使』だよ。これ以上の幸せはないよ。ぼくにとっての『神様』は、パパなんだ」

一人で過ごす天国より、二人で堕ちる地獄を選ぶ。

愛する人と一緒にいれば、なにも怖くはない。


数年後。清明と買い物をしている途中、街でばったり山際と会った。

小さな男の子を、大事そうに腕に抱いていた。二歳ぐらいだろうか。

「暁っ」

人混みを掻き分け、駆け寄ってきたので、暁も駆け寄り、挨拶してやる。

「久しぶりだね、山際先輩。元気だったの」

「そりゃあ、な」

「O学園は出たんだね。じゃあ、外部の大学に行きながら、結婚したんだね」

「ああ。親父にさんざん頭下げたけどな。跡を継ぐって言ったら、一発で出してくれたよ。おまえたちには、ほんとに感謝してる。清明さんにも、お礼言っといてくれ」

そして、誇らしげに、腕の中の子を見せたのだ。

「可愛いだろ。俺の子だ」

少々怯えたように、山際に抱きつき、首筋に顔を埋《うず》めてしまう。

山際は笑う。心底楽しそうに。

「こいつ、すげえ人見知りでな。俺以外には一切懐かねぇんだよ。母親でも駄目なんだ。許してくれよな」

「うん。見ただけでわかったよ。そうじゃないか、ってね」

「おまえ、芸能界デビューしたんだってな。両親ともに、仕事すげえノッてるし、完璧《かんぺき》だよな」

「うん。そうだね。ありがとう。ところで先輩、」

答えなどわかっていたが、あえて尋ねてみた。

「その子の名前は、なんていうの」

山際は、ニヤッと笑い、

「決まってるだろ。『あきら』だよ」

暁も笑い返してやった。それでは彼は、『天使』を作り出したのだ。きちんと成功したのだ。

同じ罪を背負った者だけに理解できる表情で、山際は言う。

「暁。また綺麗になったな」

「そうかな」

と笑いながら、自分でもわかっていた。

自分は今、美しい。

父もまた、非常に美しい。

清明と二人で歩くと、通りすがる人々がすべて振り返るくらいだ。

「先輩の『あきらくん』も綺麗になるよ。絶対。保証する」

山際と別れ、父のもとに戻ると、

「幸せそうだったね、彼」

「うん。よかったよ。あのとき、パパがいろいろ教えてあげたからだね。お礼を言っておいてくれって。感謝してるって」

「そう。本当によかったね」

「ママは、今日どこでロケなの」

「フランスじゃなかったかな。ドラマの撮影で」

「来週からはアメリカだよね。ハリウッド映画のクランクアップだって言ってたし。本当に、世界中飛び回ってる感じだね。国際派女優だもんね」

「そうだね。彼女の活躍は家族として誇らしいよね」

二人で目を合わせ、満足の笑みを交わす。

なにもかもがうまくいっている。

信じられないくらい。

父は、指先で自身の頬をつついてみせる。

「ほら。パパにちゅうして、暁くん」

背伸びをし、軽くキスをする。

そんなことをしても、道行く人は微笑んで見ているだけだ。曾我清明と曾我暁は、誰もが認める仲のよい親子なのだから。

父は晴れやかに笑う。

「ね、暁くん。パパのこと好きかな」

「うんっ。大好きっ」

「おうちに帰ったら、今日はなにして欲しいかな」

「それは、ヒ・ミ・ツ。帰ったら、おねだりするから」

悪戯っぽく舌を出してみせると、父の笑みは深くなる。


再び腕を組んで歩み出しながら、山際の言葉を思い出した。

『本物の悪魔は、ものすげえ綺麗なんだ』


それが真実ならば。『悪魔』がひどく美しいというのなら。

きっと、『地獄』というのも、幸福に満ち溢れた、たいそう美しく心地よい場所なのだろう。そして『天国』こそが、苦痛に満ちた、醜くおぞましい地なのだろう。

見上げると、空は真っ赤な夕焼けだった。
その空を、暁は、とてもとても、美しいと、思った。
(幸せだ)
夢のように。
心から、そう思った。

いつの日か、花の下で

I

祈《いのり》というのは、父のつけた名と聞いた。

なので祈は、自分の名をたいそう好きだった。

幼いころから、書物や書きつけなどに『祈』の字を見つけるたび、清浄な花のような文字だと、うっとりしたものだった。

むろん、筆記用具さえあれば、あきることなく、自分の名を書いた。

えんぴつを握りしめ、紙の上にひとひらずつ、ちいさな花弁を並べるようにして、『祈』の字を書き終えると、まるで父に愛されている子供のような心地となって、胸のなかに、切ない、それでいてほんのりとした灯《あか》りが、ともるのだった。

この世界は、なにもかもが朧《おぼろ》で、ゆるやかに腐敗していく果実のようだ。

誰もが、夢を見ている。

いま現実に見ているると思っているものの、本当の正体を見極めるのはとても怖いことなので、みな目を瞑《つぶ》っている。

そして自分もまた、身の内から甘酸っぱい匂《にお》いを放ちながら蕩《とろ》けていく果実のようで、じっさい早く腐れて、朽《く》ち果ててしまいたい思いに囚《とら》われて、祈はたいていの時間を、眠りながら過ごす。

中学校という、小鳥をたくさん集めた巣箱のようなあの場所にいるときも、ひとり暮らしには広すぎる自宅屋敷にいるときにも、茫漠《ぼうばく》とした野原に臥《ふ》しているかのように、場所の、できるだけすみのほうに軀《からだ》を丸め、夢うつつのなかを揺蕩《たゆた》う。

なにもない、布団の上でも長椅子《ながいす》の上でもない床に丸まると、ようやく、自分にふさわしい居処《いどころ》に落ち着いた気になる。

そうして、爛《ただ》れた夢を見る。

夢のなかには、あの人がいる。

あの人は、夢のなかで、現実では考えられないことをしてくれる。

祈の衣服を剝《は》ぎとり、荒々しくくちづけ、痣《あざ》ができるくらい、祈の軀をまさぐってくれる。

狂ったように、激しく祈を犯してくれる。

幼いときから、おなじ夢ばかりを、繰り返し、見る。

いつもおなじ、咲き誇る紫の花の下で、恋しい人の欲望の塊を、受け入れる夢。

ゆえに祈は、精通も迎えぬ前から、肛交《こうこう》の甘美を知っていた。

荒々しいくちづけに酔い、快感に身悶《みもだ》え、彼の激しい抽挿《ちゅうそう》に、しがみついた藤《ふじ》の木を、思わず揺らしてしまうと、藤は、濃厚な香りを放ち、あたりを紫に染めながら、祈と、恋しい人の上に、はらはらとその身を散らす。

あたり一面の、紫。

濃霧のような、紫だ。

ひとつひとつの花弁のちいさい藤は、すぐには地面に落ちず、ときのない空間を漂うように、ふうわりとあたりを舞う。

ふうわり、ふうわりと、たくさんの、藤の乱舞を、視界の端でとらえながら、祈は泣きじゃくり、至福に酔い痴れる。

目が醒《さ》めて、毎回茫然《ぼうぜん》とする。

夢と現実のあまりの違いに、わらう。わらうしかないから、息の続くかぎり、わらう。

いつか、自分は、紫に腐れていく。

望みは、それだけだ。

夢のなかでは愛し合えても、うつし世では、想《おも》うことさえ赦《ゆる》されぬ恋だ。

ならば、穢《けが》れた、誰にも言えぬこの想いを秘めたまま、土のなかに眠りたい。

成就することのない恋なら、毒と同じだ。

長いあいだに、身も心も蝕《むしば》んで、狂わせる。

自分はもう狂っているから、だからいなくなってしまいたい。

この世からも、あの世からも、存在すべてを消し去ってしまいたい。

電話の鳴る音だ。

一般家庭にはまだほとんどない電話機だが、この家にはつけられている。けたたましいベル音に、小鳥の一羽が怯《おび》えたように言った。

「齋藤《さいとう》、で、電話鳴ってんぞ」

返事をしない祈の代わりのように、もうひとりの声。

「また寝てんじゃないのか」

ちいさく、舌打ちの音。

「まったく。寝てばかりだな」

「怒るなって。寝る子は育つって言うし」

「だが、寝すぎだ。それに、ちっとも育ってない。女よりちいさいくらいだ」

苦笑の同意。

「だな」

「頭だけはいいくせに、どっか抜けてる感じだよな」

「まあな」

この屋敷は、小鳥の巣から近いので、頻繁に数羽が飛んできている。

そうして、眠っている祈などおかまいなしに、祈の宿題帳面を写しとったり、駄菓子を食べてぺちゃくちゃと囀《さえず》り合ったり、畳に寝転がって少年漫画を読んだり、ラジオをつけて流行歌を聴いたりしている。

祈は仲間に入らない。場所と物品を提供するだけだ。宿題なども、祈にとっては簡単なものばかりなので、好きに写しとってもらってかまわない。小鳥たちのはしゃいでいる楽しそうな声を子守歌のように聞きながら、ずっと廊下の床でうとうとしている。

巷では戦争が始まりそうだとか、もう始まりかけているだとか、物騒な噂《うわさ》が広がっているけれど、このなかだけはゆったりとしたときが流れている。

いつだったのか覚えてもいないけれど、母はでていって、父とは以前から別居中だったので、それから祈は、この広い巣箱のなかでひとり暮らしだ。

ひとり暮らしは、寂しい。小鳥たちでも、そばにいてくれると、あたたかくて、嬉《うれ》しい。

祈の実家は、そこかしこに、札束のまま無造作に金が放りだしてある、たいそうな資産家であったし、いまも父は、祈ひとりでは使いきれぬほどの金を送ってくるので、小鳥たちの餌《えさ》やおもちゃを買うのは、たやすい。

「まったく、しょうがないな」

ぶつぶつと呟《つぶや》きながらも、一羽の小鳥は腰をあげて、

「おい、俺、でるか。電話機って、あの、かかってる奴を外して、あれにむかってしゃべればいいんだろ。俺も、おまえんちにきてから、やり方を覚えたからな。でていいんなら、眠ってるって言って、切ってやるぞ」

ぼんやりと瞼《まぶた》をあげると、小鳥は立ったまま、苦笑している。

わらわれるのは、好きだ。

たとえ苦いわらいでも。母以外で、自分にむかってわらいかけてくれる動物は、いままでいなかったので、やわらかな心地になる。

小鳥たちは、傍若無人なようでいて、ほんとうはとてもやさしい生きものだ。

だから、億劫《おっくう》だけれども、手を持ちあげ、

「りがと。でも、自分ででる」

目を細め、唇の端をあげると、『ほほえむ』という顔になるらしい。

いままでしたことのなかった顔だけれど、そういうふうに相手を見ると、相手が嬉しそうになるのだ。なので祈は、あまり得意ではないけれども、目を細めて、唇の端をあげた。

「起こして」

一瞬で熟した果実のように、小鳥はなって、

「じ、自分で起きあがれよっ」

照れ隠しじみた動きで、踵《きびす》を返して行ってしまうけれど。

重い腰をあげながら、思う。

ああいう果実の群れから、ひとつを選びとれれば、どれほど楽だろうかと、見るたび、胸が締めつけられる。

たったひとつだけ、いくら目を細めて見つめても、熟してくれぬ果実がある。

現実の自分は、その果実を、熟させることができない。

それを知ったとき、祈は眠りについた。

なにもないところで寝るのは、そのまま朽ち果ててしまいたいからだ。

この胸のなかで、肉を食《は》み、骨をとろかしながら、ある想いは育っていて、葬り去らねばならぬその想いは、けれど、歳《とし》を重ねるごとに祈を支配していって、きっといま自分は、酷《ひど》く浅ましい生きものに、成り果てているに違いない。


誰か、ぼくを殺してください。もうあの人を想っていたくないんです。


耳鳴りのような、うるさい想いを振り切って、祈は電話機のある玄関まで行った。

受話器をとると、言葉を伝える機械は、機械よりも冷たい声を響かせた。

『祈か』


心臓は瞬時、動きを止める。

ぼやけた風景は、とたんに鮮明になる。

激痛と呼んでもいいほどの胸の痛みを和らげようと、祈は思わず軀を固くしていた。

そうだ、とも、ちがう、とも言う前に、機械は抑揚のない命令を吐きだす。

『いいかげんに、こっちに帰ってきなさい。今日はもう、おまえの誕生日だ』

言葉は、刃《やいば》となって、心に突き刺さる。

あの人は、ほんのひとことで、祈の心を引き裂くことができる。

「お父、さん」

ほかの呼びかけは許されていないから、祈は、彼のことをそう呼ぶ。

しがみつくような声になっていないだろうか。焼けつくような痛みは、声に表れていないだろうか。

そんな切ない祈の願いも知らぬげに、父は氷のような言葉を与える。

『どうしておまえは帰ってこないんだ。大事な話があると言っているだろう。もしものときのために、最低限のことだけは伝えておきたいんだ』

奇妙に思った。冷静な父らしくない、わずかに苛立《いらだ》ちの混ざった声だ。

父はどうして苛立っているのだろう。理由はわからないけれど、自分のことで、あの人の感情が揺り動かされているなら、それはひどく卑屈ではあるけれども、甘い喜びだった。

帰ってこいと、父はひと月ほど前から頻繁に電話をかけてきた。

祈の気持ちも知らないで。

彼と離れた自分は、なんに対してもなげやりな、自堕落な生活を送っていて、恋しい彼の幻影から逃れるために、いつも眠りの世界へと逃げ込んでしまっているのに。

いっそ、すべてを告白してしまおうか。あなたに 邪《よこしま》な想いを抱いているから、その気持ちが苦しいから、あなたには逢《あ》えません、と。

子供のころから、あなたに抱かれる夢ばかり見る。

あなたのくちづけを受けて、あなたの熱く硬いもので秘処を穿《うが》たれる夢です。

それでもたぶん、すべてを赤裸々に告白しても、あの冷静な人は、眉《まゆ》ひとつ動かしてはくれないだろう。

おまえの年ごろにはよくあることだ。年上の同性に憧《あこが》れる気持ちは、ごく一般的なことだ。おまえは狭い村で生まれ育ったから、身近な人間に対して妙な気持ちをいだいただけだ。

躯じゅうが膿んで腐れてしまうほど強い祈の想いを、きっとあの人は、そんな言葉で、たやすくかわしてしまうだろう。

いつも哀《かな》しく思う。

親子であるのに、なぜここまで気質がちがうのか。

自分は強い情念に翻弄《ほんろう》されて、幼いころから、あの人の着た服、歩いた道にさえ頬摺《ほおず》りしたくなるほどの、苦しい恋情にのたうち回ってきたというのに、あの人は、冷酷なほど、なにに対しても心を動かされない。揺るぎのない瞳《ひとみ》で、前を見つめたままだ。

だから、祈にできることは、あの人と距離を置くことだけだった。

あの人の、孤高の精神を表すような、すぅっと伸びた鼻梁《びりょう》、意志の勁《つよ》さを示しているような薄い唇、氷でできている生きものでもあれほど冷たくはないだろう、切れ長の双眸《そうぼう》。

瞳を閉じるだけで、あの人の顔、それから軀、細かいところまですべてを想い浮かべられるので、離れていても、寂しくはない。いや、離れているほうが、寂しくない。

目の前にいるのに無視されるよりは、よほどましだ。

「でも、学校、あったから」

かすかな声で言い訳を呟くと、父は抑揚のまったくない声で言う。

『学校なんかはいいから、とにかく今日じゅうに帰ってきなさい。おまえの成績なら、しばらく休んでも問題ないだろう』

口元に苦いわらいが浮かんでしまった。

「無理だよ。だって、ここからだと、半日以上かかるんだよ」

それに、もう夕方なのだから、いますぐ出発しても、明日の朝までに着くかどうかだ。

祈の反抗的な言葉を聞いた父は、しばらく黙ったあと、さきほどよりさらに苛立った声で言った。

『だから早く帰ってこいと言ったんだ』

彼の苛立ちの声は嬉しかったけれど、しかし、そんなことを言うなら、祈のほうにも言いぶんはあった。

そもそも、お父さんのほうで、ぼくたちを追いだしたんじゃないか。

尋常小学校を卒業したとき、母も祈も、もう進学はしなくていいと言ったのに、父は無理《むり》遣《や》り中学校への入学をとり決め、東京の真んなかに大きな邸宅を買い与えた。

そうして、これからはそちらで暮らしなさい、そちらで大学まで進みなさい、と命じた。

母と祈が、どれほど残りたいと言っても、聞いてはくれなかった。

それまで親子は、過疎の村の、山の上に暮らしていて、そこは確かに、なにもない寂しい土地ではあったけれども、母も祈も不満を口にしたこともなく、かえって、人目に触れぬ穏やかな生活を、愉《たの》しんでさえいたのだ。

父は、ちいさな神社の宮司だった。

齋藤の家の長男が代々守ってきたという、山頂の、その古びたちいさな神社は、けれど妙に熱心な参拝者のくる神社で、なにか、ひじょうに霊験あらたかなお祈りをするという噂も聞いたことがあるけれど、じっさいには、なんの神様を祀《まつ》っているのかもわからない、ふしぎな神社だった。

なのに、麓《ふもと》からも車で小一時間ほどかかる道のりを、月に何度かは、高級そうな車が登ってきた。

そうすると、父は参拝客とともに、お社《やしろ》に籠《こ》もるのだ。何日も。

そして数日後、客は帰っていく。

たくさんの礼の言葉と、莫大な謝礼金を置いて。

その、繰り返し。

客のこないあいだは、ラジオもなにもない、むろん、電燈《でんとう》もともらぬ前世紀の遺物のような旧《ふる》い大きな屋敷で、親子三人、世捨て人のような生活を送っていた。

いちおう祈だけは、村からの送迎車に乗って、麓の学校に通ってはいたけれど、齋藤の家は村でも異端の扱いを受けていて、村人は全員、齋藤家の人間を、魔物か神のように畏《おそ》れ崇《あが》めていたので、祈にとって、尋常小学校というところは、やたらにうわぁんうわぁんと騒がしい、羽虫の巣と変わりない場所だった。

羽虫は、まわりを飛び交うだけで、祈のそばにはけっして寄ってこない。

齋藤の家は、古くからつづく血統の、たいそう裕福な家で、神社の境内と、隣あった私宅の敷地だけで、山ひとつぶんあった。すべてが齋藤家の所有で、さらには山を下りても、隣の山まで、他人の土地を一歩も踏まずに行かれるような、大地主らしい。それだけでも祈の立場は微妙だったのに、そのうえ祈は、ひじょうに頭がよく、幼少期から独特の雰囲気を持っていた。身に着ける服も、誂《あつら》えの舶来ものばかりだったので、擦り切れた絣《かすり》の着物に、足は下駄、それもすべて誰かしらのお下がり、などという格好の羽虫たちとは、明らかに生きている世界がちがったのだ。こちらがそう思ってはいなくても、あちらが一線を引いてしまっていた。

ただ、祈にとっては、それでも幸せな日々だった。

昼間は、話も通じぬ羽虫たちと過ごしていても、家に戻れば、父がいる。

自分などには目もくれぬ父でも、おなじ屋根の下で眠ることくらい、赦されている。

祈は唇を嚙《か》む。

(なのに、追いだしたんだ。あんなに嫌だと言ったのに)

齋藤の家は、長男が代々神社を継ぐ。ならば、自分も神職の修行をしたい。町になどでたくないと、言葉を尽くして泣きついたのに、父は拒絶した。

神社はおまえには継がせない、継がせるのはおまえの息子だと、そのときだけは、酷くきつい口調で、吐き捨てるように、言った。

要するに、自分と母は、父に捨てられたのだと思う。

彼には、家族などというものは、ただ厄介なだけで、まったく必要のないものなのだ。

受話器からは、恋しくて憎い男の、抑揚のない声が、響いてくる。

『祈。今日の誕生日で、おまえは元服だ。前から言ってあるだろう。齋藤の家では、十六歳で元服の儀を執り行なうんだ。大人の仲間入りとなる。だから、今日が駄目なら、明日でもいいから、どんなことがあっても帰ってきなさい』

捨てた息子なのに、神社も継がせないと、はっきり言ったくせに、どうしていまごろ帰ってこいと言うのか。

喉の奥が熱い。感情を抑えすぎているせいだろう。

東京にでてきて、たくさんの人を見たのに、彼より惹《ひ》かれる人を見つけられない。

あんなちいさな村の、ただの宮司で、歳は確かに、普通の父親よりもひじょうに若いけれど、もう三十過ぎだ。自分と年相応の、もっと魅力のある男も、世のなかにはいるはずなのに、どうしても見つけられない。この苦しい恋を、止められない。

祈はかろうじて、言葉を返した。

「帰れない。無理」

『無理ということはないだろう』

「だったら、迎えにきて」

父は本気で狼狽《ろうばい》したようだった。

『俺はここからでるわけにはいかない。それに、事故にでも遭ったら、困る』

おかしくなる。そう言って、祈たちを追いだすときにさえ、見送ってもくれなかった。広い山中で暮らしているのに、危険だと言って、自分で自動車を運転することすらしない。つねに徒歩で行動する。

どうして、あれほど小心で冷たい男に、自分はここまで惹かれているのか、祈自身にもふしぎだった。

「とにかく、何度かけてきても、駄目だから。帰らないから」

明らかに溜息をついているような間のあと、

『だったら、電話でもいい。いまから大事な話をするから、』

言葉を遮った。これ以上、彼の声を聞いていたくなかった。

聞いていると、よけい寂しくなる。遣る瀬《やせ》なくなる。

「ごめん、いま、友達がきてるから。長電話できない。切るよ」

『いのりっ、ちょっと待て、祈っ』


切ってから、受話器を胸に抱きしめ、残響のような父の声を愉しんだ。

いままで、あんなふうに、切羽つまった声で自分を呼んでくれたことがあったろうか。

彼の怒りの声ですら、祈には嬉しかった。

たぶん、自分は父を困らせたいのだろう。

抱きあげてもらった記憶もない。わらいかけてもらったこともない。父の目に、果たして自分は本当に映っているのだろうかと訝《いぶか》しむほど、彼の視線は常に祈を素通りしていた。あまりに無視されるので、ときおり、自分は幽霊かなにかで、誰の目にも映っていないのではないかと、恐ろしくなった。

しかし、そんなことはなかった。村でも、そして東京という大きな街にきてからも、人々の視線は、祈を舐《な》め回すように絡みついてきて、自分が、一般的には『美しい』と言われる容姿をしていることを、知らされた。『きみほどの美少年は見たことがない、ぜひモデルになってくれ』と、通りすがりの自称画家だの写真家だのに懇願されたことも、一度や二度ではない。

けれど、他人の目に、花のように映っていたとしても、あの人の目に美しく映らないなら、それはただの徒花《あだばな》だ。なんの価値もない。

「どうした。もう電話、終わったのか」

いつのまにか、小鳥が一羽、そばに立っていた。

「うん」

小鳥はおずおずと言う。

「なら、漫画雑誌、読むか。昨日買ったの、けっこうおもしろいぞ」

見あげながら、思う。

世話焼きの小鳥だ、こいつは。

小鳥は、言い訳じみた囀りをする。

「すまんな。場所を貸してもらって、漫画本やら、いろいろ買わせちまって。俺たちは、おまえを利用してるように見えるかもしれんが、おまえのこと、心配して見にきてるってところもあるんだからな」

「うん」

小鳥たちがやさしいのは、知っている。小鳥たちに遣う金も、むこうからしたら大金なのかもしれないけれど、祈にとっては、そこらに転がっている紙きれを数枚だしただけだし、なにより、それで小鳥たちが喜んでくれるなら、祈のほうこそ嬉しかった。

しかし、心配してくれる気持ちはありがたかったから、祈は熟した顔の小鳥といっしょについて、客間まで行った。

畳にぺったりと座り込み、同級生の小鳥の、たくましい肩に、もたれかかった。

祈はちっとも成長しないのに、同級生たちはもうすっかり男の軀つきだ。

「齋藤っ」

あわてた声がおかしい。

もう一羽の小鳥の、悔しそうな顔は、もっとおかしい。

照れ隠しのように、すこし祈を押し返すようにして、小鳥は言った。

「ほらっ、いま読んでたのは、これだ。おもしろいぜ」

少年漫画雑誌の、途中の頁《ページ》を開け、指差した。

けれど、小鳥のせっかくの好意だったのに、見た瞬間、ぞわっと、怖気《おぞけ》をふるってしまった。

「どうした」

首を振って、誌面から視線をはずした。かろうじて、言葉を吐きだす。

「ごめん。そういうの、だめ」

その漫画では、鎧《よろい》を着た武者たちが、刀の火花を散らすように、激しく戦っていたのだ。

どういうわけか祈は、日本の歴史的なものに、異常な拒絶反応があった。学校の歴史の授業さえ怖くて欠席するくらいで、もしかしたら子供のころ、実家の敷地内の、いくつもの蔵に所蔵されている鎧《よろい》兜《かぶと》や刀剣類を見て、恐ろしかったのかもしれないけれど、ともかく、わけはわからなくても、怖いものは怖いのだ。

怯えた様子の祈を見て、かえって小鳥たちのほうがあわてて、

「あっ、すまん、そういえばおまえ、こういう戦国ものとか、大嫌いだったな」

「忘れていたよ。怒るなよな」

ご機嫌をとるように、謝ってくる。

祈としても、べつに怒っているわけではない、ただ怖かっただけだから、

「いいよ。でも、眠いから、すこし寝かせて」

ずるずると滑って、膝《ひざ》を枕《まくら》にして横になると、小鳥はさらにあわてて、赤くなってしまった。

「お、おいっ」

膝までが熱を持っている。瞼を閉じて、体温を感じとる。

(男の軀って、おもしろい)

祈がちょっとでも触れると、すぐがちがちになるのだ。それから、あっという間に股間《こかん》を膨らませる。

膨らんだ箇所を、直《じか》に弄《いじ》ってみたい気もするけれど、そんなことをしたら、祈に『あれ』をしたがるのは目に見えているので、なんとか堪《こら》えている。

いまそばにいる小鳥は二羽。一羽なら危険でも、数羽いれば、お互いを見張っていて、そこそこ安全だから、なるべくみんなできて、と頼んでいる。

それでも、たくさんいても、股間を膨らませているときの動物は狂暴で、仲間同士で手を組んで、祈を裸にしたり、軀を撫《な》で回したり、接吻をしたりするから、気をつけなくてはいけない。

泊まっていこうか。おまえひとりで、こんな屋敷にいるのは、怖いだろう。

小鳥たちは帰り際、いつもおなじ言葉を吐く。

真意ではあるだろうけど、そのときは必ず頬を赤らめているから、考えは透けて見えてしまっている。

祈に『あれ』をしていいのは、父だけだ。あれをされるのは、とても気持ちいいはずだけれど、父のでないなら、いらない。されたくない。

2

六歳、年がちがいましたのよ。

初めてお逢いしたとき、彼は十三歳で、私は十九歳でした。

一族のどの家も、必死でしたわ。自分の娘を彼に嫁がせたくて、お義父《とう》様に、お金などをたくさん貢いでいたようですわ。

母という人は、華族のお姫様で、父よりは年上でも、いつまでも子供のような人だった。幼い祈を前にして、さまざまなことを語ってくれた。

母はいつも悲しそうな顔をしていた。

最初からあの方は、私と結婚などしたくなかったんですわ。祭祀《さいし》の家系の血を絶やさぬために、絶対後継ぎを作れというお義父様の厳命で、嫌々結婚したんです。

それでなぜ、歳がちがうのに、私が選ばれたか、わかりますかしら。

うちが男を多く産む家系だったからですわ。それと、すぐに子供を産める歳だったから。お義父様は、もう待てないとおっしゃっていました。一刻も早く男の孫が欲しかったのでしょうね。

そのときは、母の繰り言だと、聞き流していたけれども、あとから考えてみると、かなり異様な話だった。

そもそも、なぜあんな山奥のちいさな神社に、あれほど熱心な参拝客が訪れるのか。

なぜあんなに多額の金を奉納していくのか。

そして、一族、というのは、なんの一族なのか。

けれど物心つくころには、母はなにも語らなくなった。父に厳しく口止めされたらしい。

祈には、わからないことだらけだった。

神社にも、自分の血統にも、かなりいわくがありそうなのに、自分はなにひとつ知らされていない。

そもそも、かすかに赤みが残る鳥居と、朽ちかけてはいてもお社があるので、かろうじて『神社』だとわかるだけで、じっさいには地図にも載っていない。看板というのか、なんというのか、神社名を書いた板も、古びてぼろぼろで、読みとることすらできない。なので、本当はどういう名称の神社なのか、いったいなんの神様を祀っているのか、ご神体はなんなのか。そんな基本的なことすら、祈は知らなかったのだ。

あれほど金があるのに、どうして神社を建て直さないのか、それも意味がわからなかった。

夜になり、小鳥たちがいなくなった部屋で、祈は冷えた床に寝転がる。

母がいてくれたら、と思う。

母がいてくれたら、長年の片想いの同志だから、一晩じゅう、あの人の話をすることができたのに。あの人の顔、声、しゃべり方、語った内容を、ふたりで思いだし、幸せな夢を見られるのに。

けれども祈は、自分を置いて、男と駆け落ちした母を、責めることはできなかった。

ほかに好きな人ができたなら、彼女だけでも幸せになってほしかった。

腐れていくのは、自分だけでいい。

こんなに苦しい片恋は、ほかの誰にも味わわせたくない。

「うち、見たいな」

ぽつりと、自分の頭に命ずるように呟いて、その場面を思い浮かべてみる。

目を瞑って見えるのは、まず、藤の花だ。

神社の境内にも、齋藤家の広い庭にも、なぜだかたくさんの藤の木が植えられていて、あの山の気候的なものなのか、特殊な木なのかはわからないけれど、ほぼ一年じゅう、花が咲いているのだ。

『藤』といっても色ではない。深紫、菖蒲《あやめ》色《いろ》、紅藤《べにふじ》から、白、という、ゆるやかな濃淡変化と、杜若《かきつばた》、菫色《すみれいろ》、紫苑色《しおんいろ》、桔梗色《ききょういろ》など、さまざまな花の名で表わされる紫色を微妙にとりまぜて、あの花は、高貴なようで、酷くしどけなく、咲く。

藤の花を思い浮かべるだけで、祈は郷愁とともに、裸の胸を見えない手でまさぐられているような、性的な興奮に近い感情を、覚えてしまう。

あの優美な花の蔓《つる》にからまれて、眠りたい。

咽《む》せ返るような、濃厚な藤の薫《かお》りに抱かれて、あの夢を見たまま、藤の養分になってしまいたい。

そうすれば、もうあの人を想わなくてすむ。

神社の藤になって、あの人がお勤めをしているところ、境内を掃き清めたり、参拝客のお相手をしているところを、ずっと、日がな一日、眺めていたい。

雨に打たれ、風に吹かれ、ただただ、彼のことだけ考えていたい。

祈は、わらう。

こういうわらい方なら、できる。

「あの人も、わらうことなんて、あるのかな」

見たことはない。

母も見たことはないと言っていた。

宮司という職業柄、自制心が強いのは当然だけれども、あの人の場合は、度を超しているように思う。

感情などは、下賤《げせん》なものだと思っているのかもしれない。

父は、生まれたときから、あの過疎の村から一歩もでたことがないらしい。

それどころか、神社と家がある山からさえ、ほとんどでていないらしい。

参拝客がこない日でも、一日じゅう、お社に籠もっていて、祈が子供のころは、まだ家のほうで暮らしてくれたけれど、祈が大きくなるにつれ、徐々に、食事や睡眠なども、お社でとるようになっていった。

ほんのときおり、家のほうに戻って、食事をするときは、なぜだか必ず祈に学校のことを話させて、楽しいか、と尋ねた。

欲しいものはあるか。どこか行きたいところはあるか。金ならいくらでもだしてやるから、自由に遣いなさい。

無表情に、祈のほうなど見もしないで、そんなことばかりを言う。

東京へ送りだすときも、手書きの魔よけ札を何枚も渡して、おまえたちが無事なように、念を籠めて書いたから、これを家に必ず貼《は》っておきなさい。東京は怖い人も多いから、気をつけて暮らしなさい。むこうでは、お母さんとふたりだけだが、楽しい学校生活を送るんだよ。幸せになりなさい。と、そんなことを言った。

言葉は、確かに優しい、甘い父親のもののように聞こえるけれど、あの人は、祈の本当の望みを、一度も訊いてはくれなかった。

父のことを考えだすと、想いが止まらない。

そういえば、と思いだす。

ときどきではあるけれど、あの人は、奇妙な行動をとることがあった。

それは、いつも、突然だった。

父は動きを止める。

歩いているときでも、食事をとっている最中でも、ぜんまいの切れた人形のように、ぴたりと、動かなくなる。

驚いて呼びかけても、返事もしない。

目はどんよりと濁り、まるで魂が抜けたかのように、宙を見つめたまま、固まっている。

しかしそれは、一分から五分程度のことで、すぐ父の瞳には生気が戻ってくるけれど、ただ、平素は氷のように表情ひとつ変えない父なのに、そのときだけは、心乱された様子を見せるのだ。

いまでも覚えている。

あれは、暑い夏の日、昼食に、三人で素麵《そうめん》を食べていたときだった。

その、発作のようなものが治まった父は、目の前の素麵をまじまじと見つめ、かすれた声で尋ねた。

「こ、これは、俺の飯、だよな」

「ええ。もちろんそうですわ」

父はつづけて、おかしなことを訊いてきた。

「食っても、いいんだよな」

どうなさったの。あたりまえじゃありませんの。いままで召しあがってらしたのに、なにをおっしゃってるの。と、母が怪訝《けげん》そうに問い返すと、父は、まるで幾日も食事をとっていない人のように、猛然と箸《はし》を動かしだしたのだ。

そうして、感涙に咽ぶように、呟いた。

「久しぶりだ。こんなにまともな飯にありつけるのは」

べつに、たいそうな食事ではなかった。母も、暑いですから、こんなものでもかまいませんわね、と半分謝りながら供したような食事だった。

あのときの父の異様な様子は、降るような蟬《せみ》しぐれとともに、いまでもはっきりと、祈の記憶に残っている。

異様といえば、父は普段、恬淡《てんたん》とした上品な口調なのに、ときどき人が変わったように、古風で野卑な言葉を吐いた。

うつけ者だの、下郎だの、誰かを侮蔑《ぶべつ》するような言葉も、よく吐いた。その場に人などない場所でも。憎々しげに。

祈は、湧いてきた嫌な気分に胸を圧《お》され、どうにも息苦しくて、身を起こした。

「やっぱり、一度帰ったほうがいいかも」

父はなにか、悪い脳の病気にでもかかっているのかもしれない。

その考えは、祈の心を酷く掻《か》き乱した。

なぜこんな大切なことを忘れていたのか。

幾度も、父がお社のなかで、まるで殺されかけた人のように呻《うめ》いているのを、聞いたことがあるし、刀剣類を振り回しているような、誰かと戦っているかのような、奇妙な物音をたてていたことも、一度ならずあった。

ぞっとした。

(ほんとに、病気なのかもしれない)

そうだ。それに、さっきの電話で、『もしものときのために』などと言っていたじゃないか。もしかしたら体調がすぐれないのではないか。

祈は胸に手をやった。心臓が痛いほど速く打っている。

父が狂ってしまうなら、いい。かえって、嬉しい。自分は、拒まれることなく、一生をかけて、あの人の世話をできる。

けれどもし、あの人が、別の世界に逝《い》ってしまったら。

そうしたら、自分は生きてはいられない。すぐに、刀で胸を突いて、あとを追う。

ふしぎと祈は、自害というと、必ず『刀で胸を突く』想像をしてしまうのだ。

齋藤家は、古い家のためか、蔵のなかにたくさんの刀や剣が残されていて、たぶん、そんなものがあまりにも身近にありすぎたので、刀で自害などという、物騒な想像をしてしまうのだろう。

刀、といえば、あの人は刀のような方ですわね、と、母は、父のことをそう評していたな、と思いだした。

祈もじつは、同感だった。

父は、確かに冷たいけれど、ほんとうに芯《しん》から冷めている感じではなくて、まるで切れ味の鋭い、刀の冷たさのような、それも、外から見れば冷えた鉄でも、内部はまだ打たれたときの、猛烈な熱さが潜《ひそ》んでいるような、独特の雰囲気を漂わせていた。

そのせいか、声を荒らげたこともない穏やかな父なのに、ときどき無性に怖かった。父からなぜだか血の匂いがするような気がして、足が思わず後退《あとずさ》ったことも、幾度かあった。

祈は、赦されない呼びかけを、宙に向かって、してみる。

「征人《まさと》さん」

ふと、昔はちがう呼び方をしていた気もしたけれど、お父さん、でも、征人さんでもない、別の名前で、呼びかけていたような、妙な感覚があったけれど、そんなはずはない、思いまちがいだと、意識の底に閉じこめた。

征人さん。

もしあなたが病気なら、どんなことをしても救いたい。

あなたのためなら、なんでもする。

神に背くことも厭《いと》わない。もしあなたの命と引き替えに、鬼が、この身を喰《く》いたいと言っても、自分は、喜んで、喰らわせてやる。

手を合わせて、そう思ったときだった。

どこからか。

妙な物音が、聞こえてきたのだ。


がしゃっ。

がしゃっ。


幽《かす》かな、音だ。

鎖でも引《ひ》き摺《ず》っているような、奇妙な音。

それと、明らかな足音。

「えっ」

どこから聞こえてくるのだろう。隣の家でなにか始めたのだろうか。それとも、街の不良どもが、悪さでもしているのだろうか。

屋敷の庭は、東京としてはかなり広いが、それでもさまざまな物音が飛び込んでくる。道で騒いでいる声なども、聞きとれてしまう。

祈が通学に便利なように、女子供だけの暮らしでも安全なように、買い物などにも便利なようにと、父は仲介業者にそういう注文をつけたらしい。なのでこの家は、街なかの住宅街にある。あの、しんと静まり返った山奥の実家とはちがう。外で物音くらいしてもおかしくはない。

(でも、この音は、それほど遠くからじゃあない)

がしゃっ、がしゃっ、と、比較的近所から聞こえてくるようだ。

では、屋敷の前の道でも歩いているのだろうか。

ぎくっ、とした。

(ちがう。道じゃない)

それより近い。うちの庭ぐらいだ。

まさか、敷地内に誰かが不法侵入したのか。

血の気が引く思いだった。

気のせいではない。確かにすぐ近くだ。警官でも呼ぶべきだろうか。幸いうちには電話機がある。家からでなくても連絡がとれる。

祈はさらに耳を澄ませた。侵入者がいるなら、なにか対処しなくてはいけない。

そして、おかしなことに気づいた。庭を歩いているなら、砂利を踏む音がするはずだ。なのに、『足音』ではあっても、ちがう。それどころか、音は屋根のほうから聞こえてくるようなのだ。

(まさか)

思わず、天上を見あげていた。

もちろん、屋敷のなかから真夜中の空など見えない。それに、泥棒が敷地内に侵入してきたとしても、屋根のうえに登ることはまず無理だろう。平屋ではあるが、急斜面の切妻造《きりづま》りだ。それこそ鼠小僧《ねずみこぞう》ででもないかぎり、よじ登るのは不可能だ。

そう懸命に自分を納得させようと思うのだけれど、寒気がした。

どうして、空のほうから、足音が聞こえるのだ。

いましがた、鬼に喰われてもいい、などという変なことを考えていたので、おそらく、なんでもない音であるはずだけれど、妙に恐ろしい気分に、なった。

やはり、誰かに残ってもらえばよかった。

我知らず、両手で自分を抱きしめていた。

どうしよう。ほんとうに寒気がするのだ。

全身の毛が逆立っている。

がしゃっ、がしゃっ、という音は、どんどん近づいてくる。

まるで、空を進んでくるように。

ふしぎなもので。わかってしまうのだ。たぶん、誰でもそうだろう。禍禍《まがまが》しいものの気配というのは、とても強烈で、なにより、軀が激しく慄《ふる》えて、拒絶の意を示すから。

(怖い)

まちがいない。なにかがやってくるのだ。空の道を歩くようにして。

それも、近づいてきて、わかった。音はひとつではない。たくさんだ。たくさんの、おぞましいものが、がしゃっ、がしゃっ、と騒がしい音をたてながら、向かってくる。

慄えつつ、気づく。

隣家は、子供が何人もいるにぎやかな家庭で、反対隣は役者かなにかで、仲間らしき人たちがよく泊まりにくる。道をはさんだむこうにも、裏手のほうも、民家が建ち並んでいる。なのに、どこの家も、なんの反応も示してはいない。

(じゃあ、この変な音、うちにだけ聞こえてるのか。これだけ物音がしてたら、大騒ぎになっているはずなのに)

時計を見ると、十二時をすこし過ぎたところだった。

そうこうしているうちに、奴らはついに辿《たど》り着いたようだ。一瞬、物音がしなくなった、と思ったら。

次の瞬間、激しく窓硝子《まどガラス》を叩《たた》きだしたのだっ。

祈は耳を押さえて、床に伏してしまった。

(なに、あれっ)

ドンドンドンドンドンッと、耳を聾《ろう》するような、激しい音だ。硝子もびりびりと震えて、いまにも割れてしまいそうだ。

(まわりのうちの人たち、どうして平気なのっ)

騒々しい音に驚いて、すぐに飛びだしてきてもおかしくないのに、あいかわらず、どこの家の者も、なんの反応も示さない。

身も凍るような恐怖のなかで、もしかしたら、想像しているような奇怪なものがきたのではなくて、鳥かなにかが飛んできたのかも、という考えが、脳裏に閃《ひらめ》いた。

自分は知らなくても、この土地には、そういう獰猛《どうもう》な鳥が、ときおり飛んでくるのかもしれないじゃないか。

近ごろは、カラスなども気が荒くなっているというし、それだったら、ほかの家の人が驚かないのも、納得できる。

あの、がしゃっ、がしゃっ、という物騒な音も、鳥は光るものが好きだというから、口になにか、そこらに転がっていた鎖でも、銜《くわ》えているのかもしれない。足音と思ったのも、きっと別の音なのだ。

祈は這《は》うようにして、掃きだし窓に近づいた。

じっさいに見てしまえば、なんだこんなことだったんだ、とわらいとばせるだろう。

やめろっ、見るんじゃないっ、と。

頭のどこかで、悲鳴のように叫んでいる気もしたけれど、こんな恐ろしい思いのまま、眠るわけにもいかない。

祈は、慄える手で、窓帷《カーテン》をそうっと開けた。


悲鳴は、口からでてこなかった。


喉の奥で凍りついてしまったようだった。

祈の目は、あまりにもおぞましいものを見ていた。

なにかの冗談かと思った。そう思わなければ、精神が崩壊しそうだった。

漫画の絵でも、あれほど恐怖したものたちが、いま、硝子窓一枚隔てただけの濡れ縁に、立っていた。

二十人、三十人、いや、もっと多いだろう。天窓の外にも、まるで空に橋でもかかっているかのように、何人もが浮いている。

(嘘、だ)

こんな馬鹿なことが、あってたまるもんか。きっと自分は、まだ眠っていて、恐ろしい夢を見ているだけなんだ。

でなければ、なぜこんなにはっきり、見えるんだっ。落武者たちの、憎悪の表情までも、ぼろぼろの鎧の細部までも、どうして見えてしまうんだっ。

そう。鎧武者たちは、全員が、凄《すさ》まじい憎しみの表情を浮かべていた。

そして、まともな様子の者は、ひとりもいなかった。全員が、生きている者ではありえない、元結は切れ、ざんばら髪、土気色の顔をして、ある者は口端から夥《おびただ》しい血を滴らせ、ほかのある者は手をもがれた姿で、鼻を削《そ》がれた者も、目を刳《く》り抜かれた者も、切り落とされたみずからの首を、小脇に抱えている者すら、いた。

その首までもが、キッと祈を睨《にら》みつけているのだ。血にまみれながら。

頭のなかに、おどろおどろしい声が響いた

まちがい、ない。

此奴《こやつ》、だ。

ただちか。


武者たちは、さきほどよりも激しく、窓を叩きだした。

ドンドンドンッという、屋敷中が揺れるような音。

叩く衝撃で、武者たちは、泥人形のように、ぼろぼろとその身を崩し、窓硝子にべっとりと、血だらけの挽肉《ひきにく》状のものをなすりつけながら、それでも、指が落ちれば、拳《こぶし》で、拳がなくなれば、肘《ひじ》で、さらに体当たりをするように、なんとか窓硝子を叩き割ろうとする。

ずるずると、祈は尻を摺って後退りしていた。窓帷は閉められなかった。閉めれば奴らを見なくてすむとわかっていても、もう窓際に近寄ることなど、とうていできない。

恐ろしさに、どっどっどっ、と、心臓は痛いくらい速く打っている。

どうして、こんな者たちが、いま自分のところにきたのかはわからなくても、とにかく、逃げなくてはいけないっ。

(でも、どこへっ)

どういうわけか、奴らは、この家には入ってこられないらしい。

ぎくっとした。

(そうだ、風呂場の窓っ)

身を翻し、懸命に浴室に向かった。

本来ならば、熟練の泥棒でもそうそう簡単には入れぬような、高い塀に囲われた一軒家だ。いままではとくに危険も感じなかったので、換気のため、無防備に窓を開けていたのを思いだした。

足は強《こわ》ばり、腰が抜けたような状態だったけれど、なんとか風呂場に辿り着き、戸を開けると、

「う、っ」

手がっ。窓の、ほんの三寸ほど開けておいただけの隙間《すきま》から、入ってきているっ。

いまの祈の動きで勘づいたのか、濡れ縁に下りられなかった連中が、内部に入れる場所を探して、うろついていたのだか、一箇所だけ開いていた窓を、見つけだしたのだっ。

「入るなーっ」

夢中だった。風呂の汲《く》み桶《おけ》を摑《つか》んで、手をはたいた。

それでも武者はめげずに、顔ごと突っ込んでこようとする。

祈は目を瞑って、その顔を汲み桶で殴った。

ごっ、と。鈍い感触が、手にあった。

ほんとうに生きている人間の顔を殴ったような、重い衝撃だった。

武者が一瞬怯《ひる》んだ隙に、必死で窓を閉め、鍵をかけた。

(ほかはっ)

もう開いているところはなかったろうか。あったら、入り込まれてしまう。

恐怖と混乱で、心も心臓も壊れてしまいそうだったけれど、必死に頭を巡らせて、入り口になりそうな場所を、ひとつひとつ思い浮かべて、どこも開いていないのを確認した。

大丈夫だと思ったとたん、足が萎《な》えてしまい、へなへなと風呂場の床に座り込んでいた。

そのあいだにも、ドンドンドンドンッという音は、激しさを増している。

最初は、居間の掃きだし窓からだけだったのに、いまは、風呂場の窓からも、ほかの部屋の窓からも、玄関扉からも、外部に接した、ありとあらゆる場所から、怒りを込めた連打の音が聞こえる。

泣きだしてしまいそうだった。

(どうして誰も気づかないんだっ。奴ら、あんなに大騒ぎしてるのにっ)

口々に、怒りや、呪《のろ》いの言葉らしきものを、吐いている。古くさい言い回しでも、彼らの憎しみが、はっきりと自分に向けられているのは、わかった。

「なんでっ」

耳を塞《ふさ》いで、床にうずくまった。

昨日まで、むくわれぬ恋に悩みはしても、平凡な日々であったのに、どうして急に、こんなことになってしまったんだ。

自分はこのまま、奴らにとり殺されてしまうのだろうか。

いまさらながら、後悔した。

やはり、ひねくれてないで、帰ればよかった。たとえもし死ぬのであっても、あの人のそばなら、なにも怖くはないのに。

「征人さん」

それでも、と思った。

いまなら、あの冷たい人も、話にのってくれるかもしれない。電話で事情を説明したら、すこしは心配してくれるかもしれない。

祈は、這うように、風呂場をでた。

屋敷中が、奴らのたてる物音と振動で、激しく揺れている。

四つん這いで、なんとか電話のある場所まで辿り着くと、慄える手で、受話器を摑んだ。

起きているだろうか。

電話交換手に接続先を告げる。そのあと、呼びだし音に耳を澄ませる。

一回、二回。

五回、十回になっても、父はでてくれない。

朝が早い父は、もう寝入っているのかもしれない。

それとも、お社のほうに籠もっているのだろうか。

そうしたら、電話は聞こえない。

お願いだから、屋敷のほうにいてくれますように、と願った、そのときだった。

『もしもし。齋藤ですが』

父の声だ。父がでてくれたのだ。

全身の力が抜けていくようだった。

「お父、さん」

かろうじて、征人さんと呼びかけることだけは、堪えた。

『祈か』

祈は、必死に、言葉を吐きだした。

けれど、自分の声というよりは、ひぃひぃという風の音のようだった。

「お父さ、ゆ、幽霊、鎧、着た、幽霊がっ、い、いまっ、家のまわり、いっぱいっ」

わずかの間のあと、父はひじょうに驚いたような声を返してきた。

『まさか、そんな馬鹿なっ』

動揺する父の声など、初めて聞いた。

普段だったら、喜びに慄えたはずだけれど、いまはそんな悠長な思いを抱いている状態ではなかった。

「でも、ほんとにいるんだよ」

『どんなっ、どんな格好をしてるっ』

なぜそんな質問をするのか理解できなかったけれど、そっと窓のほうを見て、説明した。

「鎧、着てる。けっこう偉そうな鎧。下っぱって感じじゃなくて。あ、でも、みんなおなじ格好してる。うちの、お蔵にあったのと、似てる」

『ま、まちがい、ない、のか』

父と話していて、耐えきれなくなった。祈は嗚咽《おえつ》を洩らし始めていた。

「ご、めんなさ。夜なかなんかにかけて、でも、まわり、とり囲まれてる。首とれてるのとか、みんな、こっち見て、怒ってる。硝子叩いて、なか、入ろうとして、すごい形相で、叫んでる」

ふたたび、恐る恐る窓のほうに目をやった。

何度見ても、事態はまったく変わらない。

見まちがえでも、夢でもない。

ほんとうに、窓の外いっぱいに、戦国時代からきたような、鎧武者たちが、張りついているのだ。

あまりに荒唐《こうとう》無稽《むけい》な話だ。信じてくれるとは、正直言って思っていなかった。

それでも、父の声が聞きたかった。怒られてもいいから、父と話したかった。

しかし、そのあとの父の返事は、祈が想像もしていなかったものだった。

父は、祈に、というより、混乱して独白するように、呟いたのだ。

『なぜだ。俺が、まだ生きているのに』

3

陽《ひ》がでるまで、気が遠くなるほど、時間がかかった。

そのあいだも奴らは、窓を叩き、体当たりをし、窓硝子を、ぐちゃぐちゃの肉片と血でどす黒く染めて、それでも執拗に、なかに侵入しようと、足掻いていた。

窓帷を閉めたかったけれども、やはり窓のそばに近づく勇気は、どうしてもでなかった。

せめてもの救いは、父がずっと電話を繫げたままでいてくれたことで、ときおり、一時間に一、二度、お互いを呼び合って、存在を確認するだけだったけれど、それでも祈は、電話を抱き締め、父の声だけに意識を集中していた。

そうして、ようやく陽が昇り始めたとき、父は言った。

『祈。こっちは陽がではじめてるが、そっちは、どうだ。明るくなってきたかっ』

そうっと、窓のほうを見る。

亡霊たちの様子は変わらなかったけれど、背後は、確かに仄白《ほのじろ》んできていた。

「うん。ではじめたみたい」

『だったら、家からでられるかっ。迎えに行ってやりたいが、それより、早くその場から脱出したほうがいい。陽があるあいだなら、そいつらもすこしは動きが鈍るだろうから、そのあいだに、こっちにきなさい』

祈は、電話を握り締めた。

こんなときでなければ、父の必死な物言いは、どれほど嬉しかったことだろう。

「うん」

『だが、怖かったら、でて、そいつらが襲ってくるようだったら、すぐ家に入るんだぞ。それで、もう一回、電話してきなさい。俺が、そっちに行くからっ』

「お父さん」

涙が溢れてくる。

いままでの冷たさが嘘のようだ。

父の、これほどの言葉を聞けたのだから、幽霊に感謝してもいいくらいだと思った。

外にでるのは、怖かった。正直言って、酷く恐ろしかったけれど、いまは、父の言葉に従おうと、思った。

しかし、勇気を持って、早朝の街へでていこうとして、ふと、あることに気づいたのだ。

(そういえば、どうして奴らは、家のなかに入ってこなかったんだ)

亡霊ならば、こちらの世界の建築などには頓着《とんちゃく》せずに、あらゆる場所に入れるはずではないか。

現に奴らは、空中は簡単に移動できる。建物のなかにだけ入れない、というのは、おかしな話だ。

もしかしたら、と、思いつく。

父のよこした御札のせいではないか。

祈は、父から渡された守り札を、きちんと屋敷の要所要所に貼っていた。

父の御札が、奴らの侵入を阻んでいたのだとしたら、それは、すなわち、この結界をでたら奴らの餌食《えじき》になる、ということだ。

一瞬、ぶるっと慄えてしまった。

それでも、まわりをとり囲まれたこの場所で、もう耐えていられる自信はなかった。

跳びあがって、玄関扉の、上部の壁に貼ってあった御札を、剝がした。

せめて、気休めでもいいから、持っていこうと思ったのだ。

祈は、自分に言い聞かせた。

（もう、陽もでてるんだから）

この場でぐずぐずしていても、また夜がきてしまうだけだ。だったら、途中で襲われたとしても、あの人のそばに行こう。

父の書いた御札を、しっかり胸に抱き、祈は、玄関扉を開けた。

「うわっ」

思わず悲鳴が喉をつく。

覚悟はしていたとはいえ、扉がぶつかりそうな距離に、すでに奴らは待ち伏せていた。

幾人かは、祈を見て、はっきりと、わらった。

陽が昇り始めているというのに、影が薄くなる様子もない。そのまわりだけ、闇《やみ》を纏《まと》いつかせているかのように、冥《くら》く、おぞましい。

武者たちは一斉に、摑みかかるように、手を伸ばしてきた。

思わず身をすくめてしまった。

「ひっ」

けれど、祈にあとわずかで触れるというところで、全員が、ぴたっと動きを止めたのだ。

驚愕《きょうがく》したような視線が、動く。

祈の、胸のところへ。

そうして、憎々しげな視線で、祈の抱いている御札へ。

耳の奥で、憤怒の声が聞こえた。


おのれっ。

また、彼奴《きやつ》がっ。

父のことを言っているのだろうか。

胸の札を握り直した。

(でも、この御札、ほんとに効いてるんだ)

そういえば、うちの神社は、霊験あらたかだと、参拝客たちも言っていたじゃないか。

祈は、本心から父に感謝した。

いつまで保《も》つかわからないけれど、とにかく、奴らが襲ってこられないなら、そのあいだに父のもとへ向かうしかない。

足は慄え、歯はがちがちと鳴っていたけれども、我慢して、一歩を踏みだした。

ざ、っと、跳び退《の》くように、武者たちは道をあけた。

その間も、憎々しげな会話はつづいていた。

此奴も
　元はといえば
　　彼奴の
　　　　　所為《せい》で

否。

　　彼奴も、我等と同じ。

罪も。

科《とが》も。

此奴が。


聞こえないふりをして、懸命に歩を進めた。

あたり一面、凄まじい異臭だった。

生臭い血と、腐った泥と、戦場で死闘を繰り広げてきただろう男たちの、あらゆる悪臭が入り混じった、吐き気をもよおすような臭いだ。

口元を押さえて門扉に向かう祈のあとを、武者たちは、がしゃっ、がしゃっ、と耳障りな鎧の音をさせながら、ついてくる。

しかし、門を開けたところで、祈は立ち止まった。

早朝、他人の家の前で、人目もはばからず、抱き合っている男女がいたのだ。ちんぴら風のやさ男と、化粧の濃い若い女だ。どちらかが、恋人の部屋に泊まった帰りなのだろう。駅の方面に向かえば、連れ込み宿などもある。

(どうしよう)

たぶんほかの人には、武者たちは見えないはずだけれど、と、もう一、二歩、進んだとき、女のほうが、「ひっ」と引きつった悲鳴をあげた。

男は慌てた様子で、

「な、なんだよっ。どうかしたのかっ」

女は怯えた顔で、さらに男にしがみついた。

「わかんないけどさァ、なんかいま、すごく寒気がしたのよォ」

そうして、初めて気づいたように、祈のほうに、視線をよこした。

それでも、ふたりとも、ただの子供を見る目つきだ。祈の背後には、目を遣らない。やはり、見えていないのだ。


家をでて、駅に向かうあいだにも、幾人かとすれちがった。

淡々とすれちがう人もいれば、さきほどの女性とおなじように、激しい反応を示す人もいた。感じ方は各々《おのおの》ちがっても、ほとんどの人が、なにかしらの違和感を感じるらしかった。

駅に着き、電車に乗り込む。

いつのまにか、祈のまわりには、誰もいなくなっていた。

おなじ車両にさえ、ひとりの人も、いない。

比較的すいている早朝の電車ではあったけれど、やはりそれは異様な光景だった。

祈は、車内を見回して、必死に涙を堪えた。

生きている人間は、『祈』ひとり。

あとは、ぎっしりと、『亡霊』たち。

一定の空間を空け、祈をとり囲み、火を噴かんばかりの憎悪の表情で睨みつけている。

電車に乗り込めなかった者は、窓枠にしがみつき、または空を飛び、ついてくる。

生きている人のそばに行きたかったが、隣の車両に身を移せば、今度はその車両がこの有り様となるだけだろう。

なぜ、こんなことが起きてしまったのか。

自分は、なにかまちがったことをしでかしてしまったのか。

そして、父ならば、この不気味な現象を、説明できるのだろうか。

4

電車をいくつも乗り継ぎ、昼をだいぶ過ぎたころ、目的駅に着いた。

そこからは、タクシーだ。

村の駅まで行ってもいいが、ちいさな駅なので、そこではタクシーなど拾えない。

しかし、あいにく、祈の乗り込んだタクシーの運転手は、妙に話好きの年寄りだった。

「なんだか急に寒くなったね、ぼうや。今日は天気いいのに、変だね」

あたりまえだ。運転手が気づかないだけで、車中は亡霊たちでいっぱいだった。むろん、車にしがみつく霊たちも、山ほど、いた。

祈は身を細くして、耐えていた。

運転手は、祈が黙っているのに、馴々《なれなれ》しい口調で、ずっと話しかけてくる。

「どっからきたの。この先は、辺鄙《へんぴ》な村だよ。おもしろいとこ、なんにもないよ」

行き先を告げると、大げさに驚いてみせ、

「ええっ、村どころか、そのまた先の山に登れ、って。あんなとこ、薄気味悪いだけで、麓の村よりなんにもないよ。あんたみたいに可愛い男の子が入ったら、鬼に喰われちまうかもしんないよ」

からかうようなその言い草に、さすがに腹の立った祈は、きつく言い返した。

「かまいません。ぼくは、実家に帰るだけです。その、薄気味悪い山に建ってる、神社の、息子ですから」

もちろん、それから運転手は、ひとことも口をきかなくなった。


狂い藤、と、——神社の藤を、近隣の者たちは、そう呼んでいた。

咲くはずのない時期にまで、紫の花をしだれさせていて、そばに寄ると、媚薬《びやく》のような濃厚な香りに搦《から》め捕《と》られてしまいそうで、確かに、普通の藤とはちがう、天界のものか、魔界のものか、どちらにしても、この世のものとは思えない、見事な藤だったからだ。

そして狂い藤というのは、とりもなおさず、齋藤一族に対する揶揄《やゆ》の言葉でも、あった。

齋藤の男たちは、みな早婚で、十五にもならぬうちに、子を成す。

そうして、早死にする。

祈も、村の連中から、その話を聞いたことがある。

じっさい、村の陰口もただの噂ではなく、ほんとうに、代々の跡取りが、尋常ではない死に方をしているらしい。

父に一度尋ねてみたけれど、父は当然、答えてはくれなかった。

（あの人も、早死にしてしまうのだろうか）

自分が死ぬのはまったく怖くなかったけれど、いまでも死んでいるようなものだから、それはかえって望ましいものだったけれど、あの人には、長く生きてもらいたかった。

長く生きて、幸せになってもらいたかった。

どうしてこんなに好きなのか、わからない。

生まれる前から、あの人に恋していたような気がする。

生まれる前、何十年も、何百年も、ずっと、あの人ひとりだけを、想いつづけてきたように、思う。

神社の境内に着くと、タクシーの運転手に投げるように金を渡して、祈はもつれる足を引き摺りながら、懸命に砂利道を進んだ。

あとすこしで父の顔を見られるのかと思うと、背後の武者たちも気にならなくなった。

懐かしい我が家を見た瞬間、屋敷から駆けだしてくる人影を、認めた。

袴《はかま》姿のその人は、大声で叫んだ。

「祈っ。無事かっ」

絶句した。

数年ぶりで見た父は、面差しが変わるほど憔悴《しょうすい》していたのだ。

祈の前、数メートルまで駆け寄り、ぎょっとしたように、その場に立ち止まった。

茫然とした様子で、呟く。

「なぜだ」

父の目は、祈を見ているのではなかった。そのうしろに向けられていた。

「なぜだ、親父《おやじ》っ」

弾《はじ》かれたように、祈も振り返った。

気づかなかった。怖さで、武者たちの顔など、まともに見ていなかったのだ。

確かに、鎧武者のなかのひとりは、写真で見たことのある『祖父』だった。

父は怒りもあらわに叫んだ。

「俺だけじゃなく、祈まで苦しめるのかっ。あんたは、まだ満足してないのかっ。祈がなにをしたっていうんだっ。でてくるなら、俺のところにでてくればいいだろうっ」

祈のほうは、父のあまりの激高に驚いて、言葉もでなかった。

自分は、いままで、父のなにを見てきたのか。この人のどこを見て、冷たいなどと思っていたのか。

父は、つらそうな瞳で、祈のほうを見た。

「いのりっ」

まろぶように駆け寄り、その腕に、きつく祈を抱き締めた。

「大丈夫かっ。なにもされなかったかっ」

「う、ん」

「もう、心配いらないからなっ。奴らに、手だしなんかさせない。おまえは、俺が絶対守ってやるっ」

父の腕に抱かれた喜びよりも、父の態度に驚いて、祈はぼんやりと頷くだけだった。

藤の鳴る音がする。

花というものは、音がするのだ。

風が通り抜けて、しめやかな音をたてる。

座敷で、父は遅い昼食を供してくれた。

飯のほかは、山菜の煮物と、麩《ふ》だけの汁もの。

質素な精進料理でも、祈のために父が用意してくれたものだから、胸が詰まるほど、嬉しくておいしいものだった。

使用人もいない屋敷のなか、ひんやりとした座敷で、食事などとっていると、昨夜《ゆうべ》からのことが嘘のように思えてくる。

やはり奴らは、父の御札に阻まれて、屋敷内には入ってこられないらしい。

いとしい人と差し向かいで、こんなときなのに、祈は幸せだった。

どれほど、この場所に戻ってきたかったか。

十二のときに、別れたきりの父は、しばらく見ないあいだに、やつれはしたけれど、男らしさも増していて、祈は、その気配だけで、酔ってしまいそうだった。

父は食事の手を止め、膳《ぜん》の上に箸を置いた。

「本当は、戸惑っている」

祈も、箸を置き、父を見つめた。

苦しげな声で、父は言った。

「俺が元服したときは、あんな奴らは、でてこなかった」

父は視線を落としたまま話している。物に動じぬ父でも、今回のことには、そうとう狼狽している様子だった。

祈は一瞬、まわりを亡霊たちにとり囲まれていても、父とふたりでいられるなら、このままでいたいような気もした。

ときのない空間のようなこの場所で、父とともに腐れてしまえるなら、それは祈にとっては、最高の幸せだ。

けれど、そんなことを、いとしい人に無理強いはできない。

祈は、黙って、父の言葉を待った。


随分と経《た》ってから。

父は、愁《うれ》うように、話しだした。

「うちは、本当に古い祭祀の家系なんだ」

なぜ唐突にそんな話を、と訝しんだけれど、せっかく父が話しだしたことなので、いちおうは鸚鵡返《おうむがえ》しに尋ねてみる。

「ふるい、って」

「物部《もののべ》系なのかもしれない。祖先の誰も、残さなかった。一子相伝で、息子に真実を告げるだけだ。だが、絶対公《おおやけ》にはできない事情があって、書付《かきつけ》などは一切残されていない。だからこれは、俺が調べて、推測した話だ」

自分を責めるように、呟く。

「ああ。こんなことになるなら、隠していないで、もっと早くおまえに話すべきだった。最低限の事情くらいは、説明しておくべきだった」

父は、なにを語ろうとしているのだろう。

父は以前から大事な話をしたいと言っていた。そのことが、武者姿の亡霊たちにも、なにか関係しているのだろうか。

「祈。十種の神宝というのを、知っているか」

祈は首を振った。

言葉の響きから、おそらく古いものだと思ったので、できるならそんな話は聞きたくなかった。いや、できるなら、ではなくひじょうに不快で、嫌な気分だった。

それでも父は、祈の様子などかまわずに、話をつづけた。

「十種の神宝というのは、物部一族の神宝だ。饒速日命《にぎはやひのみこと》が、天照大御神《あまてらすおおみかみ》から授けられ、自分の子、可美真手命《うましまでのみこと》に、鎮魂の法とともに伝えたとされる。その後、天武《てんむ》天皇に贈られるんだが、それは表向きのことで、じっさいには、天皇家が、各地の豪族から、無理遣り徴発《ちょうはつ》したらしい。その部族の、神宝や呪物《じゅぶつ》をとりあげることは、力を奪うのと同じことだからな」

祈は眉を寄せ、すこしだけ不満を表した。

学校の歴史の授業ではあるまいし、いまそんな小難しい話をされても、困る。

ただでさえ祈は、日本の古い話が大嫌いなのだ。

「そんな説明、いいから、要点だけ、」

「いいから、最後まで聞けっ」

急に怒鳴られて、すくみあがってしまった。

怒鳴りはしたけれど、すぐに父は、自分の口調に驚いたように、片手で目で覆い、半分哀願口調で、言い直した。

「すまなかった。だが、最後まで、聞いてくれ。本当に、大事なことなんだ。面倒くさくても、わからなくても、黙って聞いてくれ。頼むから」

祈は、ちいさく返事をした。

「うん。こっちこそ、ごめんなさい」

真剣に話してくれている父に向かって、失礼な言い方だったと、反省した。

父は、うつむいたまま、話をつづけた。

「徴発された宝物などは、奈良の石上神宮《いそのかみじんぐう》に集められていた。そして、これが最も大切なことだが、物部一族は、一説によると、天皇家よりも古い血筋で、巫術《ふじゅつ》的な知識を多く持っていたらしい。物部神道と呼ばれる、流れがあるくらいで、無論、神宝も、たくさん持っていた。そのなかで一番有名なのが、いま言った『十種の神宝』だ」

父の説明は、本当にへただった。記憶した文章をそのまま棒読みで口にしているだけ、という感じなので、耳から入った言葉はすべて脳から飛びだしていく。

我慢して聞いてはいた。意味はまったく頭に沁《し》み込んではこなかったけれど、なぜだか、躯が慄えだしてしまった。

へたをすると、亡霊を見たときより、酷い慄え方かもしれない。

がちがちと歯が鳴る。

なにが怖いのか、わからない。

なのに、精神が激しく拒絶する。

その話を、聞いてはいけない。耳を塞ぐんだ、と。

吐き捨てるような口調になってしまったけれど、祈はなんとか話をやめてもらおうと、言葉を吐きだした。

「三種の神器くらいは、聞いたことあるけど、十種のなんか、聞いたことないよっ」

「かもしれないな。いまはもう、現存するものはひとつもないと言われているからな」

もうやめてっ、と全身で訴えているのに、父は頷きながらも、説明をやめてくれない。

「澳《おき》津鏡《つかがみ》、辺《へ》津鏡《つかがみ》、八握剣《やつかのつるぎ》、それから、生玉《いくたま》、死返玉《まかるかへしのたま》、足玉《たるたま》、道反玉《ちかへしのたま》、あとは、蛇比《おろちのひ》礼《れ》、蜂比《はちのひ》礼《れ》、品物比《くさぐさのもののひ》礼《れ》。これで、十種だ」

ひと呼吸つぐと、さらに早口でつづける。

「鏡や、剣、玉は、それぞれ、いまと同じような形態だろう。比礼というのは、薄い布状のものだと言い伝えられているが、実際のところは、よくわかっていない。なにしろ、古文書には、なにも書き残されていないからな。唯一、物部系の伝承という『旧事本紀《くじほんぎ》』には簡単に書き記されているが、やはり、正確なことは、わかっていないんだ」

祈は、返事もできない。

どうしてだか、慄えが止まらない。

父の饒舌《じょうぜつ》が恐ろしかった。

父は、わざと、話の核心から離れたところから説明している。それはすなわち、これから言うことが、どれほどつらい話かを、暗に物語っているのではないか。

躯内《たいない》で虫が這っているような、ぞわぞわとした、凄まじい嫌悪感で、吐き気がしそうだ。

「お父さ」

言いかけて、言葉をなくした。

祈よりも、父のほうがさらに青ざめた顔だったからだ。

話をつづけることが酷く苦痛な様子で、父は眉間《みけん》に皺《しわ》を寄せたまま、しばし無言でいた。

祈は心中で叫んだ。

（お父さん。もう、やめよう）

なぜだかわからない。けれど、その話は、開けてはいけない禁忌の箱のように、自分たちにとって、とてもまずい話だ。

瞬刻、さまざまな思いが、脳裏をよぎった。

知りたくない、このまま知らずにいたい、という気持ちと、いや、すべてを知らなければいけない、自分には、しなければいけないことがあるのだ、という妙な強迫観念で、胸のなかに、嵐《あらし》でも起きているようだ。

「祈」

父は覚悟を決めたように、ふたたび口を開いた。

「うちの神社にも、『玉』が、ひとつ、ある」

言葉の響きにぞっとして、祈は思わず視線をあげた。

視線を受けとめて、父は哀しくわらった。

「神宝のどれかだとは、さすがに、思わない。それほどのものではないと、思いたいだけなのかもしれない。玉を扱う『布瑠《ふる》の言《こと》』も、似ているが、うちではちがう真言《しんごん》を使う。だからいま言ったのは、俺が文献など調べて辿り着いた説のひとつ、似た例として挙げただけで、物部神宝とはまるで関係のないものなのかもしれない。うちの家系も、『古くから繋がる祭祀の家系』というだけで、物部一族だとは伝えられていないし、古代には、ほかにも強力な呪具がたくさん存在していたのかもしれないからな」

ただ、と父はつづけた。

ひとことひとことと、区切るように。

「うちの、神社の、玉に、不思議な、力だけは、確かに、ある」

驚いてもいいはずなのに、なぜだか、知っていたことのような気もする。

「前から不思議に思っていなかったか。なぜ、こんな山奥まで詣でる人がいるのか。なにをしにくるのか。彼らは、おまえはわからなかったろうが、日本を動かしているような人たちなんだよ。一般人にはわからないように、この神社は、あえてみすぼらしくしてある。『宝玉』を扱う術を伝えられているのは、うちの一族だけなんだ。信じられないだろうが、ここは本当に、大切な役目を担っている神社なんだよ」

祈は、力なく首を振った。

もう、いいと思った。

もう聞きたくない。

知ってもどうしようもない。だから知りたくない。もう我がままは言わないから、このままでいようと、父にとりすがってしまいたかった。

祈の拒絶を察したように、父は必死の面持ちになった。

「祈、頼むから、最後まで、聞いてくれ、もう逃れようがないんだ」

「お父、さん」

「本来なら、おまえが継ぐべき役目なんだ。だが俺は、継がせたくなかった。だから、なにも教えずに、この場所から離した」

泣いているのではないかと、聞いていてつらくなるほど、苦しげな声だった。

「おまえには、普通の、幸せな人生を歩んでもらいたかったんだ。俺や、先祖たちのような、惨《むご》い目には遭わせたくなかった。俺が頑張りさえすれば、おまえは助かるのだと、なにも知らないままで一生を終えられるのだと、思い込んでいた」

「お父さん」

なにを言っているのか理解できなかったけれど、父のつらそうな顔を見ていられなくなって、祈は畳を躄《いざ》り、父のそばまで行った。

おずおずと、その膝に手を置くと、父は一瞬唇を噛み締めて、膝の上の祈の手に、自分の手を重ねた。そして、痛いくらいきつく、握り締めてきた。

なにを赦せと言っているのか、わからない。

「罰が、あたったんだ。俺は、全部を親父に聞いて、知っていながら、子供を作った。やめようとすれば、なんとかやめられたはずなのに、おまえを産ませてしまった」

まさか、またあの発作が起きているのではないだろうか。そう思うほど、父は興奮していて、ほとんど錯乱している感じだった。

「こんなことになるとわかっていたら、絶対、おまえを産ませなかった」

「お父さんっ」

「だから、赦してくれるか。絶対、おまえを戦場へなんか行かせない。俺だけは、狂わないで、戦いつづけるから」

「お父さんっ、聞こえてるのっ。いったいなにを言ってるのっ。意味がわからないよ。ちゃんと説明して。なんで、ぼくを産ませたらいけなかったのっ。どんな意味があったのっ」

祈が呼びかけても、父は言葉を止めない。

「だから、早く子供を作ってくれ、祈。俺が死ななければ、役目はおまえに回らない。だから、俺がおまえより長く生きれば、おまえはむこうへ行かなくてすむ。おまえを抜かして、子供に役目を引き継げる。俺は、おまえより先には、絶対、死なない。なにがあっても、生き抜いてやるから」

「赦して、くれるか、祈」

涙は零《こぼ》れていなかったけれど、父は確かに嗚咽していた。

言っている意味はわからなくても、なんとか父を慰めようと、祈は口を開いた。

「ちがうよっ。あなたのせいじゃないっ」

口からでた言葉に、祈自身も驚いたけれど、父ははっきりと瞠目《どうもく》した。

「いの、り」

「あなたは、だって、被害者だし、みんな、被害者だしっ」

自分はなに言っているのだろう。わけもわかっていないのに、言葉だけが勝手に溢れてくる。『あなた』などという、呼びかけを、口が勝手に吐きだしてしまう。

なのに父は、すこし、ほっとしたような表情になった。

「そうか」

父は、握っていた手を離して、今度は祈の頭を、そっと撫でてきた。

「だいたいは、わかっていたんだな、やっぱり。おまえは、聡《さと》い子だからな。確かに、俺の様子を見ていれば、おかしな状態だということは、わかったはずだな」

祈は父を見つめた。

ほんとうは、なにもわかっていない。

けれど、いま、自分の言ったことは確かに真実なのだと、それだけは、実感していた。

父は、わらった。

「きっと『彼』も、おまえみたいに、聡い子だったんだろうな。外法《げほう》を禁じていても、彼以前には、あの玉にあんな術を使うことは、誰も考えつかなかったんだからな。せいぜい、死んだ人間を生き返らせるくらいで」

「えっ」

ぎょっとするようなことを言った父は、ふと、祈を撫でている手を引き、幽霊のように、ふらっと立ち上がった。

「お父さんっ」

祈に、というよりは、自分にむかって語りかけているように、

「そのあとの人間も、何代かかっても、術が解けない。俺もいろいろ調べたが、この歳になっても、無理だ。もしかして数個の玉を同時に用いるのかもしれないが、玉はすでに散逸しているからな。それを試すこともできない。こことおなじように、神宝を隠している場所があっても、うちが何百年も隠しとおしたのと同様、どこも完璧《かんぺき》に隠しとおすだろう。神宝には、どれもそれだけの価値があるからな。だから、俺はもう諦《あきら》めているよ」

父は、緩慢に振り返り、わらう。

そんなわらい方を見たかったのではなかった。そんなわらいを見るくらいなら、一生、冷酷な父でいてくれたほうがよかった。あまりに哀しい、わらい方だった。

「すこし、社に籠もってくるよ。今日のお勤めが、まだすんでいないから。そろそろ、お呼

びがかかるかもしれない」

お勤めって、こんなときにそんなものはいいじゃないか、もっときちんと話してほしい、と言いかけて、なにやら、ぞっとした。

父の言っているのは、明らかに、宮司としてのお勤めではない。それなら、『お呼び』などという、まるで第三者に無理遣り呼びつけられるような言い方は、しないはずだ。それに、今日は参拝客などいない。いまは、祈と父、ふたりだけだ。

「何度か、おまえたちにも見せてしまったから、だいたい、わかっているだろう」

「それは、」

「心配しなくても、一回に行くのは、一分から、長くても五分程度だよ。すぐ帰ってくる。『彼』もさすがに、ひとりの人間を呼び寄せて、ずっと引き留めておくほどの、強力な呪法は使えなかったらしい。戻ろうとする反発があるのかもしれないな。だが、いつお呼びがかかるのかわからないのと、こちらでは『一分程度』でも、むこうでの滞在はかなり長時間になる、っていうのが、難だな。へたをすると、一回につき一ヵ月以上、むこうにいることになるからな」

狂っているのではないかと、寒気がした。

ぺらぺらと、立て板に水のような勢いで意味不明な内容を語りながら、父は、わらいつづけているのだ。さもおかしそうに。普段とは別人のようだ。

けれども、父が話しているのは、真実だ。

肌で察せられた。

もしかしたら父は、祈に心配をかけないために、わざとわらいとばしているのではないか。

あまりにつらい『お勤め』なので、わらいとばすしかないのではないか。

茫然としている祈を残して、父は座敷からでていこうとする。

祈は必死に、その背にむかって問いかけた。

「お父さんっ。まだ、ちゃんと話を聞いてない。どういうことっ。どこへ行くのっ。むこう、って、どこ。齋藤の家の男は、ずっと何代も、どこかへ行かされてるわけっ」

立ち止まり、わずかに、首を回して、しかし、父は完全には振り返らなかった。

苦しそうに、言葉を返してきた。

「俺は、魂が、抜けて、いる、ところを、おまえに、見せたくない」

絶句した。

魂が抜ける。

そうだ。その言い方は、酷く正しい。

父のあの状態は、まさしく魂が抜けたとしか言いようのないものだった。

嘘だ、と口走りたかったが、無理だった。

父は襖《ふすま》に手をかけていた。祈は引き止めるために、さらに尋ねた。

「だから、どこに行かされるのっ。魂が抜けるって、意識がなくなるのっ。さっきの言い方だと、誰かに無理遣り行かされてる、って感じだった。お父さん、いったい、どこに行ってるのっ。そこまで話したんだから、ちゃんと最後まで言っててっ」

どんなにおかしな話でも、父が嘘を言っているとは思わない。父は人を騙《だま》すような人間ではない。

「お父さんっ」

父は、答えなかった。

襖を開け、黙って行ってしまった。

だから、かえって、わかってしまった。

荒唐無稽な話のようだけれど、まちがいない。

(戦国時代だ)

真実というものは、残酷であればあるほど、直感で理解できてしまうものだ。

父は、父の精神は、戦国時代に翔《と》ばされる。

軀は、現代のこの場所に残したままで、戦いの場面に、心を翔ばされてしまうのだ。

信じられない、という思いと、もうとうにすべてわかっていたような気持ちが、混在していた。

（俺や、先祖のように、って言った）

それから、俺だけは狂わないで、死なないで、戦いつづける、とも。

ならば、父以前の祖先は、みな狂い死にした、ということだ。

それは、齋藤家の言い伝えとも合致する。

どくどくと、心臓は駆けているときのように速く打っていて、その音につられるように、思考も速い勢いで巡っていた。

恐ろしい現実を突きつけられて、それは、武者たちの亡霊を見たときよりも、強い衝撃で、祈は畳に座り込んだまま、しばらく宙を見つめていた。

では。

自分も、いつか、行かなくてはいけないのだ。

あの、恐ろしい、戦国時代へ。

女の人になど興味もないのに、子供を作るためだけに交接を行い、その子が大きくなるまで、一日何分間か、魂を抜かれて。

齋藤の一族に生まれた男として、いやおうもなく。

だから、自分は日本の古い合戦ものが大嫌いだったのだ。この恐怖は、血に沁み込んだ先祖代々の怯えだったのだろう。

ぞわっ、と、身の毛がよだった。

（死んだほうがましだ）

そう思う反面、いま、もしかしたら父が、その場所に行っているのかもしれないと考えると、身を揉《も》むほどに、苦しかった。

なぜ、もっと早く教えてくれなかったのか。

自分は父に愛されていた。

それは、自分が望んでいた形とはちがうけれども、彼は息子である自分に、確かな愛情をくれていた。

居ても立ってもいられない。胸が焼け焦げそうだ。

いま、屋敷のまわりをとり囲んでいる武者姿の亡霊たちは、全員が、自分の祖先たちなのだろう。

おそらく、彼らは怒っているのだ。齋藤の家に生まれながら、のうのうと十六まで生きてきた祈に対して、たぶん彼らは、もっと早いうちから戦場に駆り立てられて、ああやって切り刻まれたのだろうから、祈のように、真実を知らされることもなく、父に守られて生きている子孫が、赦せなかったのだろう。

祈は、立ちあがり、玄関にむかった。

いましかない。父が戻ってきたら、父は命がけで祈を守ってくれるだろう。だからもう、ここにはいられない。

5

背後に、亡霊たちはやはりついてきた。

けれどもう、恐怖はあまり感じなかった。

彼らの怒りはもっともだ。

あの理性的な父ですら、数年のあいだに面窶《おもやつ》れするほど、戦場での戦いは苛酷なものなのだろう。亡霊たちの様子を見ても、生き地獄だったことは、察せられる。

そんな場所に、毎日のように行かされたら、狂うのは当然だ。

夜になっていたが、皮肉なことに、亡霊たちの放つおぼろな幽光で、無事に山を下りられた。国道までなんとか歩き、流しのタクシーを捕まえた。今度の運転手も、寒い寒い、風邪《かぜ》でも引いたのかもしれないと泣き言を言ったが、無視して、東京駅まで行ってもらった。

朝を待ち、祈は本屋に駆け込んだ。

まず、『十種の神宝』というものを調べたかったからだ。

いままでの祖先たちが破れなかった術を、自分などがなんとかできるとは、思っていなかったけれど、背後の亡霊や、父のことを考えると、無駄な足掻きでも、なにか行動を起こさずにはいられなかった。

しかし、神道関係の書棚には、たいした本はない。

当然だ。書物に普通に書かれているような内容なら、一子相伝で残すはずもない。一族の秘話なのだから、簡単には見つかるわけがない。

それならば図書館はどうだろうと、人に尋ね、なんとか辿り着く。

書棚に並んでいる本を、祈は貪《むさぼ》るように、読んだ。

鏡や剣のことはいいから、とにかく『玉』についての記述を、見なければいけない。禁術の解き方を考えるなら、まずはすこしでも情報を集めなければ。

一時間、二時間。

血眼《ちまなこ》になり、何時間も探したが、ない。

しかたない、と今度は隣町の図書館をめざす。

そこでも成果はない。

司書に尋ねても、見つからず、さらに手を合わせて懇願し、古すぎて貸しだしには回せないという書物ばかりを集めた資料室に、特別に入れてもらい、その片隅で、ようやく、それらしき内容が書かれている古書を、見つけた。

ぼろぼろで、さわっただけで崩れてしまいそうな本だったが、必死に頁をめくる。

なのに、結果は。

『生玉・人の活動を生き生きとさせる』

『死反玉・死んだ者を生き返らせる』

『足玉・その形態を保つことを助ける』

『道反玉・浮かんでしまう魂を押し止める』

と、じつに簡単な説明しか書かれていなかった。

意味も、わかるようでわからない感じだ。

（ちがう時代から、魂を呼び寄せて、留《とど》める、んだよな）

そう考えると、どれも使えそうだし、どれも使えなさそうだし、だがそもそも、家にあるのが『十種の神宝』だと確定したわけでもないのだ。数も、家にはひとつしかないというのだから、どうしようもない。なすすべもない。

泣けてきそうだった。

（駄目だ。こんな程度の情報じゃ）

術を解くなど、夢のまた夢だ。

悄然《しょうぜん》と、祈は図書館をでた。


見回すと、世間は、平和で、のんびりとしていた。平日の昼間だ。乳母車《うばぐるま》を押した若い母親が通る。駅前のベンチには、仲のよさそうな老夫婦が、にこやかな表情で日向《ひなた》ぼっこをしている。

なのに、自分のまわりだけが、真っ暗だった。冷気を帯び、歩道に落ちる影さえもが、暗く、濃い。

こんな馬鹿げた話は、誰にしてもあざわらわれるだけだろう。どこかおかしくなったと思われるだけだ。

(やっぱり、お父さんにもう一度頼み込んで、もっと詳しく教えてもらおうか)

けれど、父の顔を見たら、たぶん泣いてしまう。つらくて。せつなくて。

先祖たちのように、ほんとうは狂ってしまいたいはずだ。なのに、祈のために、戦うと言ってくれる。

怖かったけれども、戦国時代など、考えただけで怖気をふるってしまうけれど、父を苦しめていることなら、もう終わらせてあげたい。自分が代わってあげたい。

しかし、それはすなわち、彼の死を意味するのだ。

祈はふらふらと街を彷徨《さまよ》っていた。

街行く人々は楽しそうで、なにごともなさそうで、自分の一族だけが、なぜこんな重荷を背負わなければいけないのか、あまりに理不尽な気がした。

(どこにも行かれない)

家に戻っても、昨夜とおなじ状態がつづくだけだろう。父のもとに戻っても、彼の苦しむ姿を見るだけだろう。

それでも、映画館の前を通ったとき、ちょうど、四谷怪談《よつやかいだん》の映画をやっていて、それを見たとき、なぜだかほっとした。

あるいは、こういうことは、よくあることなのかもしれない、と思ったからだ。

当事者はなにも語らずとも、では、巷《ちまた》に溢れている、この恐ろしい話の数々は、なんなのだ。

もしかしたら、おなじような目に遭っている人間は、大勢いるのかもしれない。世界じゅうには、不気味な力を持つ呪術品など山ほどあって、死霊の恨み、動物の呪い、あまたが存在していて、理不尽な呪いをかけられてしまう人間も、腐るほどいるのかもしれない。

そう思わなければ、遣りきれない。

戦場へ行きたくないのは、誰でもおなじだ。けれど、それは、その時代に生まれてしまった人間の負うべき責任だし、その時代の、ほかの人間たちは、泣く泣くでも、戦場へ行ったのだから、逃げるのは卑怯《ひきょう》だ。

祈は悔し涙を拭《ぬぐ》った。

(先祖の誰かがしでかしたことを、子孫たちが、償っていかなければいけないなんて)

そいつは、なんて酷いことをしたのだろう。なぜそんな惨いことを考えられたのだろう。

(でも、借金だって、子供たちに引き継がせるし、昔は、親たちが食べていくために、娘を遊郭に売ったり、息子を丁稚《でっち》奉公にだしたり、なんて話はあたりまえだったし)

ない。

尊属《そんぞく》のしでかしたことは、子や孫たちも責を負う。

それが一般的なことではないか。

ならば、齊藤家の男たちに起こっていることも、さほどおかしなことではないのかもしれ
ない。

ふたたび夜が迫っていた。

初夏の陽は長くても、いつまでも昼間ではない。暗くなれば、うしろの亡霊たちは、さら
に勢いづいて祈を襲ってくるだろう。

そこで祈は、ふと思いついたのだ。

小鳥の巣に泊めてもらおうか。

『あれ』を、されてもいい。いまは独りになりたくない。

このあいだの小鳥は、確か、祈の家のすぐそばに住んでいたはずだ。親元のはずだけれど、
離れの個室で寝起きしているという話だった。


「齋藤っ」

玄関の呼び鈴を鳴らすと、顔をだした小鳥は、祈の顔を見て、一瞬で狼狽し、頬を染めた。

「いいかな」

「えっ、あ、いい、って、あ、うち、入りたいってことか。あ、うん、もちろん、あ、いま、

誰もいねーけどっ」

大きな図体で慌てる小鳥が、可愛く思えて、祈はすこしだけ、わらった。

小鳥は、太陽の匂いがする。

自分の抱えている闇とは、正反対の匂いだ。

この鳥に、精を注いでもらったら、自分も闇の世界から抜けだせるかもしれない。彼とおなじ匂いのする健全な少年に、なれるかもしれない。

そう思って、覚悟を決めて、小鳥の巣に足を踏み入れたのに。

「なんか」

急に、小鳥は、そわそわと落ち着かない様子になってしまった。

見る見る顔色が悪くなっている。玄関口から、廊下を進むこともできないようで、棒のように立ち止まっている。

「悪い。せっかくきてくれたのに」

最後まで聞く必要はなかった。

祈と一緒に、もちろん奴らも、小鳥の巣に入り込んでいたからだ。傍若無人にも、十数人の幽鬼たちが。

訊いてもしかたのないことだが、訊いてみる。

「もしかして、気持ち悪くなった、のかな。寒気でも、するとか」

「あ、ああ。急に、変なんだけど」

しかたない。

通りすがりの人間たちでさえ、祈のそばには近づけなかったのだ。こんな近い距離に寄ったら、どれほど鈍感な生きものでも、拒絶反応を示すだろう。

諦観《ていかん》の思いで、踵を返した。

「じゃあ。うん、帰るよ。ごめんね」

玄関の框《かまち》で靴を履いていると、

「齋藤っ」

祈の腕を摑み、小鳥は懸命な口調で、

「あ、あのさっ、明日、明日なら、具合よくなってると思うからっ」

「うん」

「もし、もし、だけどさっ、またきてもいいと思ったら、きてくれよなっ。あ、俺のほうが、そっち行ってもいいけど」

そんな『明日』など、もう永遠にきはしないだろうから、祈はほほえんだ。

この小鳥は、自分を好きでいてくれる。

それはとても、幸せなことだった。心地がよく、楽しかった。恋ではなかったけれど、祈も彼を好きだった。

もう戻れない、陽の光の匂いのする小鳥に、祈は背伸びをして、一瞬だけくちづけた。

「さい、とうっ」

あわてふためく小鳥に、わらって告げる。

「さよなら」

それから、引き戸を閉めた。


夜、幾度も、幾度も、電話が鳴った。

父は、お社から戻って、祈がいないのを見つけて、どれほど狼狽したことだろう。ほんとうに、困り果てているに違いない。

わかってはいたけれど、でられなかった。

でても、なにを言えばいいのか、思いつかない。きっと、泣きだすだけだろうから。

家の、窓の外に、まだ武者たちはいたけれども、全員が憎しみの視線のまま、今日は、黙って立っていた。

祈は、宙にむかって、呟いた。

「どうしようか」

死ぬこともできない。自分が死んだら、あの人の苦しみが長引くだけだ。

子孫が途絶えたらどうなるのか、そこまで聞いてはいないが、もしかしたら、祈の代わりの嫡男《ちゃくなん》を作るまで、無理遣り生かされつづけるのかもしれない。

なにしろ、憎むべき『彼』がかけたのは、妖術のような呪法なのだ。どういうことになるのか、想像もできない。

いっそ、あの人を殺して、自分も胸を突こうか。そう持ちかけたら、父は同意してくれるだろうか。

戦場に赴く恐怖心よりも、父が別の世界に逝ってしまうことのほうが、祈には怖かった。一緒なら、怖くない。けれど、別々になるのは、どうしても嫌だった。

「征人さん」

涙もでてこない。

父親に対する赦されぬ恋でも、おなじ時代に生きられるだけで、幸せだったのだ。素気なくされても、僻《ひが》んだりせずに、もっとあの人のそばにいればよかった。

宙にむかって、問いかけを呟く。

「征人さん。ほんとうは、もう死にたいんでしょう。つらくて、逃げたいんでしょう」

尋ねるまでもないことだ。父のあの憔悴ぶりを見れば、誰でもわかる。

いったい誰が、こんな惨いことをしたのか。

顔を見たい。力いっぱい罵《ののし》って、殴ってやりたい。

窓の外にいる先祖たちも、父も自分も、なんの因果で、こんな目に遭わなければいけないのか。

(誰も悪くないのに。悪いのは、そいつひとりなのに)

ふと。

雷に打たれたように、気持ちが固まった。

いますべきことは、嘆くことでも怯えて泣くことでもないはずだ。

ふらふら立ちあがると、祈は部屋じゅう探して、ありったけの紙幣を集めた。

何百枚かあったから、たぶん足りるだろうと、全部をバッグに詰め込んで、やはり亡霊のように、夜のなかに、でていった。

行けるところまで、タクシーを飛ばしてもらおうと思ったのだ。

どうして、あの人のそばを離れてしまったのだろう。

報われぬ片恋でも、あの人は、まだ生きているのに。

あの人の顔を見ることも、声を聞くことも、いまならまだできるのに。

6

東京から乗ったタクシーの運転手は、今度はいい人で、終始無言で、遠い村の、山の上まで、ほんの百枚程度の紙を渡すだけで、夜じゅうをかけて、祈を運んでくれた。

辿り着いたのは、朝陽が昇るころだった。

「ありがとう」

やさしかった人のために、もう百枚ほど余分に渡して、祈は屋敷に駆け込んだ。

「お父さん」

声をかけたけれど、父の返事はない。

「お父さん、どこっ」

陽が射《さ》し始めた屋敷のなかを、迷子の子供のように駆け回った。

居間、客間、台所、便所、風呂場、どこにもいない。

「お父さんっ」

ついには、父の私室まで覗《のぞ》いてみたが、父の姿はなかった。

そこでようやく思い至った。

(そうか。家のほうじゃなくて、お社のほうなんだ)

少々気が抜けて、座り込んでしまった。

時間など見ていなかったけれど、そういえば早朝は、境内の掃除などしている時間だ。

こんなときにでも、父はしっかりとやるべきことをやっているのだろう。

すこし、祈はわらった。

「すごい人だな」

むこうに行かなければいけない『お勤め』もこなしながら、現世での役目も、ちゃんと果たしている。

父は、祈の歳には戦場へ行っていたはずだ。祖父は早死にしているのだから。

溜息をついた。

それに比べて、自分はどうだろう。亡霊に怯え、懸命に役目を果たしている父に泣きついて、さらに苦しめている。

自己嫌悪の思いで、ふたたび嘆息する。

こちらに父がいないのなら、お社にむかおうと、襖を開けかけて、振り返った。

(そういえば、お父さんの部屋って、初めて入ったな)

部屋を見回してみた。

古い屋敷なので、どの部屋も和室だったが、父の部屋は、人が暮らしているとは思えないほど、質素だった。本棚と座り机があるきりで、ほかには家具らしきものもない。

苦わらいしてしまいそうになる。

「ひとり暮らしなんだから、もっと雑然としててもいいのに」

あの人らしい。潔いくらい、きれいだ。

ふと視線を巡らせた先、机の上に、なにかひじょうに厚い本を見つけた。辞書くらいはあるだろう。

祈は、その本を手にとってみた。

(あれ、本じゃない)

頑丈そうな鍵がついている。しかし、かかってはいなかった。

なにげなく開いてみて、息を呑《の》んだ。

(日記だっ)

父の文字だ。その精神を表しているような、硬い筆跡で、びっしりと書き込まれている。

だめだ。やめろ、人の日記なんだから、見ちゃ駄目だ、という気持ちとは裏腹に、祈の手は勝手に日記の最初の頁を開けていた。

【誰にも語れぬ秘密を封じ込めるために、この鍵付きの日記帳を特注した。ようやく出来上がってきたので、今日から、記す】

日記は、その言葉で始まっていた。

日付を見ると、父が十三歳のときだ。

胸が激しく騒《ざわ》めいた。

秘密という言葉がなにを指しているのか、書かれていなくても、すぐ理解できたからだ。

ならば、これを見れば、父の語ってくれなかったことも、わかるかもしれない。

祈は焦る思いで、先を読んだ。

【親父から話を聞いたときは、腹立ちを抑え切れなかったが、随分落ち着いてきた。
俺は、子供は作らない。この恐ろしい因果は、俺の代で終わりにする。有り難いことに、
俺はもともと女性に対しての欲望が希薄なのだ。ひとりで、生き抜いてみせる】

若いころの父の、健気《けなげ》な決心が、痛いほど伝わってくる、強い筆跡だった。

懸命に大人ぶって、小難しい言葉を遣ってはいても、まだ子供っぽさの残る文体だ。

しかし、胸が奇妙な音をたて始めていた。

ならばなぜ自分はいまここにいるのか。母とはどういう結びつきだったのか。

数頁飛ばして、先を読んだ。

父は毎日書き記したのではなく、大きな事件のあったときだけ、書き込んだようだ。

【親父が一族の女を連れてきた。俺より歳上の人だ。そして、あの女に子供を産ませろと言った。

冗談ではないと、大喧嘩《おおげんか》をした。

俺はまだ十三歳だ。子供を作る歳ではないし、俺は一生子供は持たないと、心に決めている。親父の言いなりには、ならない】

しかし、数頁先を見ると、懺悔《ざんげ》のような言葉が目に飛び込んできた。


【薬を盛られたらしい。言い訳のようだが、気がついたら、裸の彼女と同衾《どうきん》していた。

神よ、いま俺は、本心から願う。彼女が妊娠していませんように。たとえ妊娠していたとしても、女の子でありますように】

読んでいて、涙が溢れそうになった。

日記に記されているのは、いまの自分よりもまだ年若い父の、赤裸々な告白の言葉で、それはあまりにも健気で哀しい言葉ばかりで、いままで父の表面しか見ていなかった自分は、ただ恥じ入るだけだ。

【恐れていたことが、起きてしまった。

子供は男の子だった。申し訳なくて、俺は泣いた。

一族の呪いは、女たちには知らせぬ決まりだという。ならば母と同様に、俺の妻となった彼女も、夫の異様な行動に怯え、いつか俺のもとから去っていくのだろう。

息子にも、彼女にも、申し訳ない。自分が薬などに負けなければ、こんなことにはならなかったのに。

せめて、この子は陽のあたる人生を歩んでほしい。

願いを籠め、祈と命名した】

行間に、父の涙が沁み込んでいるような文面だった。

そのあたりはもう読んでいられなくなって、先を進めた。父が十六になるあたりだ。


【今日、俺は元服を迎えた。

親父はひじょうな喜びようで、朝から酒をあおって、泣きわらいを繰り返していた。

この日を迎えて思うのだが、俺にはいまだに信じられないのだ。

幼いころからあの話は繰り返し聞かされた。祖先たちが異様に若く自死、狂死してきたのも、知っている。親父が毎日異様な行動をとることもわかっている。だが、あれはただの心の病で、言ったことも、あいつが作りあげた幻想なのではないかと思っている。だって、あり得ないではないか。人の魂が過去に飛ばされるなどということが、実際に起こるはずはない】

祈は、手を止めた。
どうも、父と祖父は、あまり仲のよくない親子だったらしい。
祈は、父を愛しているから、その言葉を疑うことすらしなかった。
そのうえ、祈の前には亡霊が現われているのだ。疑うことなど、できはしない。
翌日の記述は、ひとことだけだった。

【親父が死んだ】

その次の日付は、数日後だった。

【なんとか心も落ち着いてきたので、これを書き記す。俺は、親父とはちがう。息子の元服の日を待ちわび、その日に首を括《くく》るような卑怯な人間ではない】

胸がきりきりと痛んだ。

知らなかった。

祖父は、自殺だったのだ。自殺をして、役目を、息子に押しつけたのだ。

怒りに近い感情が湧き起こってきたけれど、それよりも先を読もうと、視線を落とした。

祖父が死んだあと、どうなったのか。

父はどういう状態で、むこうへ呼ばれることになったのか。


【俺は、今日、戦場に行った。

親父の話は、本当だった。

哀しいことだが、真実だった】

胸を衝《つ》かれる思いだった。

父の書き記した文字からは、十六で戦場に行かなければいけなかった父の、悲痛な思いが伝わってくる。

【こちらに戻ってくると、やはり夢だったような気がしてしまう。だがたとえ夢だとしても、毎日のようにあちらに行かなければいけないのは真実で、感じることも、俺にとっては現実なのだ。

俺は他人の軀に入り、馬に乗り、刀を振るう。

逆らうことも、行く時間をあらかじめ知ることもできない。こちらには、拒絶するすべがなにもない。眩暈《めまい》がして、次に意識が戻ったときには、『あちらの世界』で『別の人間』になっている。

允親《ただちか》と呼ばれる少年だ。

どうもそこそこの氏族の子らしい。大変美しい顔立ちをしているが、腕は立つようだ

ふたたび幾日か経った日付け。


【毎日毎日、戦いの繰り返しで嫌になる。

それにしても、あまりに野蛮な戦いだ。

現代を知っている俺には、あんなふうに刀で斬ったり、槍《やり》で突いたりするような哀れな戦いで命を落とすのは、酷く滑稽《こっけい》で情けないものに思える。

とにかく、なにもかもが不衛生で汚い場所だ。戦場の臭さは、鼻がもげてしまいそうだし、飯は玄米のまま、被《かぶ》っている兜で煮炊きをする状態だし、そのうえ、道端の雑草、昆虫や

小動物のようなものまで食わなくてはいけない。

だが一番困った問題は、彼らの話す言葉がよくわからないということだ。

俺はいま、必死に戦国時代の勉強をしている。とくに、早く覚えなければいけないのは陣形だ。『鋒矢《ほうし》』と『長蛇《ちようだ》』、『方円《ほうえん》』、『雁行《がんこう》』までは、なんとか覚えたが、細々とした組合せで、無数の陣形があるので、命じられてすぐに正しい位置に移るのが難しい】

父は戸惑い、怒りながらも、懸命に、戦場に慣れようとしたようだ。

けれども、ある言葉を見つけて、祈は息を呑んだ。


【今日、人を殺した。

避けようがなかったのだ。馬上から降りた瞬間、薮《やぶ》から、敵が斬りかかってきた。俺は驚いて、反射的に刀を振りおろしていた。

男の肩口から入った刀は、肉を断ち、がつっ、と骨にあたり、引き抜いたときには、噴水のように血が溢れだしていた。

やったな、允親、と仲間らしい男が俺の肩を叩いてわらったが、俺はガタガタ慄えるだけで、わらうことなどできなかった】

そのあと、数頁は、大きな文字で、絶叫のような殴り書きだった。

【毎日、毎日、仲間が死んでいく。俺のそばで、ぐちゃぐちゃの肉塊となって、動かなくなる。それでも俺は、仲間の死体を踏みつけて、敵を殺さなければいけない。俺は、悔しい。神を祀る宮司としての教えを受けてきた俺が、なぜ人を殺さなければいけないんだ】

つらくて、もう読むのをやめようかと思ったけれど、反対に、どうしても最後まで読まなければいけないような義務感も湧いてきた。

祈は泣きながら、頁をめくった。

【まだ呆然としている。あの軀は本当に生きているのか。刺されても斬られても死なない。ただ、ぼろぼろと土くれが落ちるだけだ。
俺はてっきり死んだと思った。隣で戦っていた奴は、俺より先に動かなくなった。
だが、槍で刺された俺が立ち上がっても、仲間は別段驚きもしなかった。
どうもあいつは、不死身の人間だと言われて、常に最前線に立たされているようだ。
顔は可愛らしい、小柄な少年なのに、いや、実際には、俺が入っていくあの少年が術をかけたのか、それとも彼は誰かに利用されているだけなのか、そもそもあの軀自体、人間のものではないということも考えられるし、結局のところ、数百年も前のことは、知りようもないのだ。俺たちは、ただ翔ばされていって、戦うしかない】

あらためて、感動した。

父という人は、こんな人だったのだ。

理不尽な、先祖の呪いのようなものを受けても、懸命に感情を抑え、慣れて、戦おうとしている。ほんとうに、意志の強い人だ。


【気が狂いそうな日々の、たったひとつの愉しみは、帰ってきて、祈の顔を見ることだ。子供があれほど可愛いものだとは思わなかった。白い、愛らしい顔で、俺を見つめ、ふわふわの手で、無邪気に抱きついてくる。

子供なんかいらないと思っていたが、いまは、産んでくれた彼女に感謝している。

俺は、あの子を守るために戦おうと思う】

それから何頁かは、戦場のことはひとことも書かれていなかった。祈が初めてお父さんと呼んでくれた。祈が立って歩いた。祈が風邪をひいたので、村から医者を呼んだ。などということばかりが、延々と書かれていた。

我慢できなくなって、しばし手を止め、涙を拭った。

「お父さん」

十代の若い父親の、息子への溺愛《できあい》ぶりは、痛々しいほどで、それを、赤ん坊だった自分が受けていたのかと思うと、いますぐ父のもとに行って、泣いて謝りたい気分だった。

こんなに愛してもらっていたから、だから自分は、彼に恋してしまったのだ。

きっと、そうにちがいない。

しかし、読み進めていくうちに、日記には徐々に、奇妙な文章が混ざり始めた。


【息子の顔が、『允親』に似てきた。やはり遺伝なのだろうか。それとも可愛らしい子は、どの子も似ているように見えるのだろうか】

【似てきた、などという簡単なものではなかった。祈は、允親そのものだ】

【息子の信頼と愛情が、つらい】

【息子の顔がまともに見られない】


祈は首をかしげた。

これは、なんだ。

年齢的には、祈が五、六歳のころから、日記はおかしな状態になっていた。小学校にあがるあたりになると、もう日記そのものが書かれていない。

パラッと頁をめくってみて、ぎょっとした。

そこには、信じられない文字が、書かれていたからだ。


【もう気持ちを抑えられないので、書く。

俺は、祈に、恋い焦がれている】

嘘だ、と思った。

しかし、何度見なおしても、その言葉は、消えてなくならず、日記に、ある。

急いで、次を読んだ。


【実の息子にこんな邪な感情をいだくような人間だから、神があらかじめ罰を与えたのではないか。だからあんな場所に行かなくてはいけないのではないか。

それでも、抑えようとしても、気が狂ってしまったように、祈に対する想いが、止められない。あの白いちいさな尻を割り広げて、己の性器を突き立てたい欲望が、日毎《ひごと》に膨れあがってくる。

いまは、早く戦場に行きたいとばかり願っている。むこうにいるときは、煩悩などいだいている暇はない。そのうえ、祈とそっくりな少年の軀に入ることができるのだ。早く、祈たちを、家からだそう。俺が、錯乱して、罪を犯してしまう前に。そして、遠くから、見守ろう。
愛する息子が、可愛い娘と結婚して、その息子ができるまで、俺は戦いつづけてやる。孫には申し訳ないが、俺はどうしても、祈だけは、あの場所に行かせたくないのだ】

信じられない。
自分はきっと夢を見ているのだ。そうでなければ、父がこんな言葉を書くはずがない。
喜びよりも、驚きが激しすぎて、祈は茫然としていた。
しばらくして、はっと我に返り、
「とにかく、最後」
最後を、見てみようと思った。父がお社から戻ってきたらいけないからだ。
最後は、一行だけだった。一昨日《おととい》の日付だ。

【祈、元服】

そのあとは、なにも書かれていない。

もう一度、前の頁を見直してみたかったけれど、見まちがえでもつらすぎるし、見まちがえでなければ、胸が痛すぎる。

祈は茫然自失のまま、静かに、父の日記を閉じた。


動悸《どうき》が治まるまで、畳に座り込んでいたが。やがて、ぽつりと呟いた。

「あの人に、逢いに行かなくちゃ」

ほんとうなのだか、嘘なのだか、とにかく、征人さんに、尋ねなければ。

祈は日記帳を胸に抱き、駆けだした。

嘘でもいい。

赦してくれるなら、自分の気持ちだけでも、伝えよう。

想ってくれなくてもいい。もう、あの人からの愛情は、十分すぎるほど貰《もら》った。

だから、祈は自分のほうの気持ちを、彼に告白したかった。

ずっと好きでした、と。

あなたが父親でも、愛しています、と。

駆けて、お社にむかう途中、境内の、藤の下あたりで、彼の姿を見つけた。

「お父さんっ」

駆けていくと、彼は祈の胸に抱かれているものを見つけ、顔色を変えた。
「いのりっ」

それは。
一瞬のできごとだった。

紫の。
揺れる藤の。薫りの下で。
愛し合っている、ふたりの姿が、脳裏をよぎった。
藤の木にしがみつき、腰を突きだし、貫かれ、快感に喘《あえ》ぎ、泣いているのは、自分で。
うしろから、獣のように、犯しているのは、父で。
すべて、思いだしてしまった。
この前も、親子だった。
父親と息子だった。
そして、想い合い、堪えきれなくなり、一度だけ、まちがいを犯した。
父は、犯した罪の重さに耐えかねて、発狂した。
祈は、思わず背後を振り返っていた。

「わかっていたんだなっ」

当然だ。死んでしまった彼らには、すべてがわかっていたはずだ。だから、祈のところに憎しみをぶつけにきたのだ。大人になったと認められる、元服の日に。

一度甦《よみがえ》ってしまった記憶は、凄まじい勢いで、前世を、祈に見せていた。

(ぼく、が。禁断の術を使った『張本人』だ)

允親というのは、自分の過去の名だ。

どうしても、戦場へ行きたくなかったのだ。

行けば確実に命を落とすような戦いだった。自分のために狂ってしまった父を置いて、戦場へなど、行かれなかった。本来ならば、祭祀を司《つかさど》る一族の嫡男が、戦場になど召集されるわけがないのだ。そこはまちがいなく死地だった。

「だから、泥人形を使ったんだ。自分の身代わりに。ぼくなら、できた。ぼくは、幼いころから力の強い術者だったから。宝玉を、闇の術に使った」

そうして、泥人形を動かすために、未来の子供の魂を召喚した。

このためだけに女を抱いて、子を孕《はら》ませた。だが、愛していたのは自分の父親だ。生まれてくる子の未来など、どうでもよかった。自分の身代わりとして使うことになんの躊躇もなかった。

祈は、走馬灯のように次々と脳裏に現れる事実を、言葉にして吐きだしていた。そうしなければ、心が壊れそうだった。

「でも、脳の病を得た父上は、ほどなく亡くなってしまった。ぼくもすぐさまあとを追った。ぼくは、あの子が全部引き継いでくれると思い込んでいたんだ。なのに、あの子は、自死してしまった。ほとんど戦わないうちに。だから、その次の子、それからまた次の子へと、呪いが受け継がれてしまったんだ」

そんなつもりはなかったのに。

これほど長い呪いになるとは、かけた本人も予想していなかったのに。

駆け寄ってきた父は、祈の言葉を聞いても、なんのことだ、とは訊かなかった。

投げつけるように、祈は問いかけた。

「わかっていたんでしょう、お父さん」

「いのり」

「ほんとは前からわかってたんでしょう」

父は狼狽していた。

「祈っ、そんなことはっ」

「誰が犯人でも、かまわないのっ。それでも怒らないのっ。ぼくが犯人だよ。みんなが責めるのは当然だっ」

自分の欲望のために、子孫の人生をめちゃめちゃにした。それも、何十人もの人生を。

古代からつづく祭祀の家系で、強力な呪具が身近にあった。真言も知っていた。霊的な能力も高かった。だからといって、外法を用いていい言い訳にはならない。子孫に科を負わせていいことにはならない。

しかし、父の瞳には、怒りはなかった。

その代わりに、はっきりとした、恋情の色が見えた。

「お父さん」

どうしていままで、気づかなかったのだろう。父は、自分を想ってくれていた。あんなにも激しく。あんなにも、哀しく。

「祈、俺は、」

祈は後退りしていた。

ならば、自分は、昔もいまも、この人を苦しめるだけの存在なのか。

自分のやったことは、いったいどれほどの罪のない人間を、苦しめたのだろう。

「祈っ」

走る。

考えている間はなかった。足が勝手に、ある場所にむかっていたから。

祈は境内を抜け、庭の奥にある蔵の戸をこじ開けた。

父が追いかけてくる。

「祈っ。なにをする気だっ、祈っ」

かまわず、なかに飛び込んだ。

どの蔵にも、溢れるほど刀剣類が収納されている。

代々の齋藤家の男たちは、たぶん全員おなじことを考えたのだ。戦場には持っていかれなくても、せめて、切れ味のいい刀を持ちたいと、そして刀の扱いに慣れたいと、おそらく、まちがいなくみながそう考えて、結局は、膨大な量の蒐集品《しゅうしゅうひん》となった。

だから、どれも、切れ味は凄まじいはずだ。

選ぶ必要はないだろう。

入り口で、父は叫んでいた。

「やめろ、祈っ。危ないから離しなさいっ」

振り返って、祈は、ほほえんだ。逆光で見る父は、光を背にして、神々しいほど清らかだった。

「ごめんね。ぼくはずっと甘えてた」

父は懸命に言い募った。

「そんなことはいいからっ、刀を離しなさい。怪我《けが》でもしたら、どうするんだっ」

「怪我、って」

おかしなことを言う。

自分は、ぼろぼろになるまで、斬られたり刺されたりしているくせに。ほんとうなら、幾度も幾度も死んでいるくらい、過酷な戦場で戦っているくせに、祈のことは、まだそんなふうに心配するのか。

「心配性だよね、征人さん」

征人さん、と呼ぶと、父の顔色はさらに青ざめる。

「祈、お、俺は、」

「言い訳、したいのかな。ここに書いたこと、嘘なの」

日記を見せながら尋ねると、黙ってしまう。

祈は、わらった。

「嘘でもいいよ。でもぼくは、あなたのこと愛してるから。昔もいまも、それから、これからも、あなたのことだけ、愛してるから」

彼の口は、驚きの形に開かれる。

「あ」

「そんなに驚くことかな。ほんとにわかってなかったの」

祈は、あれほど見たかった色を、ようやく、父の顔に見た。

自分を見つめて、熟してくれる果実を。

「ありがとう。征人さん。ずっと守ってくれて。あなたの息子に生まれて、幸せだった」

父は首を振った。

怯えたように、手を差しだす。

「祈っ。頼むから、それを、離してくれ」

祈は、自分の手に握られている日本刀に目をやった。

「ぼくが自殺でもすると思ったの」

「祈っ」

父の激しい狼狽ぶりは、自分への愛情の証《あかし》だ。祈は胸が慄えるようだった。

だから、言える。

愛してもらっているとわかったから、いちばんつらい言葉だけれども、捧《ささ》げられる。

「これは、あなたを殺すための刀だよ。いまから、あなたを解放してあげる。征人さん」

父はよろけた。

目を瞠ったまま、二、三歩、うしろにさがって、かろうじて戸に摑まり、身を支えた。

「ごめんね。苦しかったでしょう。でも、もう、あんな場所には行かせない。これからは、ぼくがあとを継ぐから。本来なら、ずっとぼくが戦わなきゃいけなかったんだ。だから、あなたは、もうゆっくり休んで」

父の顔に浮かんだ色は、なんだろう。

一瞬だけ、歓喜のような表情を浮かべたけれど、父はすぐさま苦渋の表情になって、首を振った。

「いの、り」

「だから、言って。こんな、紙の上だけじゃなくて、一度だけでいいから、直接、愛してる、って言って。そうしたら、殺してあげる」

父は両手で顔を覆った。表情を隠すように。

「駄目だ」

「どうして。愛してないから、なの。それとも、自分が死んだら、ぼくが戦場へ行かなきゃいけなくなるから、なの」

父は、噛み締めた唇から、血のような言葉を吐いた。

「わかってるだろうっ」

「もちろん、わかっているけど。でも、もう終わりにしなきゃ」

「おまえは、あそこがどんな場所だか、知らないから、そんなことを言うんだっ」

「じゃあ、あなたは、知っているのに、まだ我慢できるの。あと何十年も、あっちに通って、戦っていかれるの」

吠《ほ》えるように、父は言い返してきた。

「戦ってやるさっ。おまえをあんな場所に行かせるくらいなら、何十年だって、何百年だって、俺ひとりで戦ってやるっ」

祈はわらった。

ほんとうに、幸せだった。

こんな日がきたなんて、信じられない。

父は、この前の生では、なにも語ってくれなかった。言葉もくれずに、狂ってしまった。

祈は刀を持ちあげた。

意外と重いものだった。

すらり、と鞘《さや》から引き抜くと、よく手入れされていたのだろう、目に眩《まぶ》しいくらいの光を放っている。

「祈」

そのまま、切っ先を父に向けた。

父はぎょっとしたように後退った。

「祈っ、やめろっ」

じりじりと、父は後退る。祈は父の喉元を狙《ねら》ったまま、追い立てるように、進んだ。

藤の下まで行く。

そのとたん、風が吹き、ふわふわと、桃源郷のように、藤が舞った。

まるで、祈と父を迎えるように。

「愛してる。征人さん」

父は涙を流して、首を振った。

「俺も愛してるからっ。だから、やめてくれっ」

祈は、泣きながら、わらった。

「やっと言ってくれたんだ」

とり落とすように、刀から手を離すと、父は飛びついて、刀をとり、祈の手が届かない遠くに投げ捨てた。

そうして、祈を、抱き締めたのだ。

「いのりっ」

なにも言う前に。

ねだる言葉も吐かない前に。

父はくちづけてきた。

「祈っ、祈っ」

言葉にならぬように、祈の名だけを呼ぶ。

「俺が悪いんだっ。おまえにあんなことをさせたのは、俺だっ」

祈は淡々と言い返す。

「でも、自分でやったことは、自分で終わらせなきゃいけない」

「それでもっ、俺はおまえを、あんな場所に行かせたくないんだっ」

気がつくと、慄えながら、祈を抱き締めている父の軀は、激しく勃起《ぼっき》していた。

祈も、こんな場面なのに、父に抱き締められて、変化し始めていた。

苦くわらいながら、祈は言った。

「どうして、こんなに好きなんだろうね」

どうしてほかの人を好きになれないんだろう。あなたも、ぼくも。

黙って、父の袴の紐《ひも》を解きだす。

「いいよね。もう赦してくれるよね」

ずっと我慢していたのだから。

たった一回、数百年前の、あのとき以来、触れていない。

しかし、祈は、もうそれ以上、動く必要はなかった。

父は、狂ったように、祈の衣服を剝ぎだしたのだ。堪えていた激しい情欲を、解き放ったかのように、荒々しく。

「征人さん」

至福に酔いながら、祈はされるままになっていた。

父の手は、熱かった。

あれから一度も、誰にも触れさせなかった、祈の下半身の果実を、父の手は乱暴に揉みしだいた。

父は、驚くほど男だった。

そういえば、前のときもそうだった。

犯されているような肛交だった。

「あ、あ」

のけぞる。父の指が、祈の秘処を穿つ。

一刻も待てないように、慣らすことも、快感を与えることも、父はする余裕がないようで、獣よりも荒々しく、祈の下肢をあらわにして、己の昂《たか》ぶりを突き込んできた。

藤の、幹に背を支えられて、祈は必死に受けとめた。

「征人さん」

血の匂いがする。

恋しい男の軀からか、自分の秘処からか。

ただ、祈は、その匂いに酔った。

藤の木は揺れて、はらはらと、紫を散らし、それは夢のように綺麗《きれい》で、きっとこれから、斬り刻まれても忘れないと思うほど、綺麗で、祈は恋しい男の背に爪を立てて、忘我の快感に、藤よりもはらはらと、涙した。

父は、放っても放っても、狂ってしまったかのように、祈を求めた。

祈はすべて受けとめた。

自分を作りだした父の白蜜《しろみつ》は、祈のなかで、いったいなにを生みだすのだろう。

想いとともに蕩け、熟成し、至福の夢を紡ぎだしてくれるのか。

愛してる。

愛してる、祈。

おまえだけを、愛してる。

父は、譫言《うわごと》のように、呟く。

やさしい人だから、きっと、祈がそばに行かれる日まで、寂しくないように、ひとりで戦っていかれるように、そのぶんすべてを、言ってくれているのだろう。

だから祈も、おなじだけ、言葉を返す。

いつそばに行かれるかわからない。もう逢えるかどうかもわからない。

それでも、どんなに離れても、気持ちは変わらないから、と。

父に負けないくらい、愛の言葉をささやき返す。

この前も、藤だけが見ていて、祝福してくれた。

この次逢うときも、この藤の下だろうか。

この次も、親子だろうか。

しかし、どんなかたちでもいいと思った。ふたたび逢えるなら。

そのときまで、父の愛撫《あいぶ》を忘れない。

父に犯されるこの快感を、絶対に、覚えている。


禁じられた恋人同士の、最後の逢瀬《おうせ》を哀れむように、陽はいつまでも天にあり、舞った藤の紫が、父と子の、お互いの愛吸の痕《あと》と交ざるまで、長いこと、見つめつづけ、それでもやがて、別れを告げて、山のむこうに去っていった。

倦《う》むほどに躯を重ねたあと、父はつと祈から身を離し、ふしぎなほど凪《な》いだ表情で、着物を整え始めた。

祈にも、わかった。

そのときがきたのだ。

父に貪られすぎて、足腰に力が入らなかったけれど、這いつくばるようにして、祈は刀のもとまで行った。

ふたたび、藤の下まで戻ると、父はうっすらとわらいを浮かべたままで、待っていてくれた。

「本当にいいのか、祈」

どうしてわらっていられるのか自分でもおかしかったけれども、祈もほほえみ返した。

「うん。待ってて。なるべく早く、けりをつけてくるから」

父は跪《ひざまず》き、わらって、祈にくちづけた。

深いくちづけのあと、そっと、名残《なごり》惜しげに唇を離し、

「じゃあ、ここだ。わかるな」

己の心臓の位置を、指し示した。


もちろん、苦しめたりはしない。

一刺しで、逝かせてあげる。


思いつき、振り向くと、武者たちは、いまはただ静かに、祈と父を見守っている。

「ごめんなさい」

それでも、わかってください。

自分たちは、狂っているのだろうけれど、恋というものは、いつの時代でもこういうものでしょう。

けれど、ひとつだけお願いがあるんです。

この人がそちらに行っても、どうかつらくあたらないでください。

科は自分がひとりで負いますから。ぼくがそちらに行くまで、待っていてください。

ほほえんだままで、いとしい人はくずおれて、祈の胸にもたれかかった。

抱き寄せ、抱き締め、祈は、その額に、頬に、くちづけた。

いまわの際の父の言葉は、かろうじて聞きとれた。


今度こそ。

息子であっても。

想いを、隠さずに。


もう聞こえてはいないだろうけれど、祈は返事を返した。

「うん。そうだね」

いつの日か、ふたたび巡り逢えるときがきたら、今度こそ、ともに地獄へ堕ちよう。

生きる時代が変わっても、姿かたちや、性格、名前が変わっても、きっと自分たちは、逢った瞬間に惹かれ合う。一瞬で恋に堕ちる。

巡り逢えたら、今度こそ、想いを隠さずに生きよう。お互いの白蜜にまみれ、恋毒に冒され、身も心も腐れ果てるまで、求め合おう。

「次は、ふたりとも、自分の気持ちに正直な性格に生まれ変わりたいね、征人さん」

自由奔放に、我がままに、恋に溺《おぼ》れたい。

罪を償い終わったあと、なにもかも忘れ、平和な時代に生まれて、愛だけに生きたい。

たぶん、それほど長い時間は待たなくていい。

そんな気がした。

そう遠くない日に、永く苦しい定めから逃れ、晴れて日の下で愛し合える日が、きっと、くる。

目を瞑ると、その日が見えるような気がして、祈は、うっすらとほほえんだ。

ほほえんでいるうちに、どんどんと、幸せな気分になってきて、祈は父の骸《むくろ》を抱いたまま、声をあげて、わらった。

あとがき

こんにちは。吉田珠姫です。

さてさて——二見様では、いろいろやらかしてしまっている吉田ですが、またもや、近○相姦ものでございます（汗っ）。しかも、父子カップル二組です（大汗っ）。

一組目の曾我親子は、以前書いた『誘春』にHシーンを足し、その後の話として、『狂秋』を書き下ろしました。

二組目の齋藤親子、『いつの日か、花の下で』のほうは、曾我親子の過去生話になります。こちらも大幅に書き変えました。

が、じつはこの二組の話は、ずいぶんあいだを置いて書いたもので、『いつの日か』のほうは、最初ホラーとして書いたものでして……。自分でも、関係性があるとは思っていなかったんですが、今回読み直してみて、…あ、あら？　これはもしかして同じカップルの話なのでは……？　と初めて気づいた次第です。大マヌケな話ですが……。

ということで、文章も雰囲気も違うのですが、『前世』と『生まれ変わってから』の話だとご理解いただければ幸いです。

……いや、今回もマズそうな話ですね……。父子ものですし、曾我親子とか、どちらもかなり危険な性格をしてますし……。でも、笠井あゆみ先生がイラストを描いてくださるということで、じつは今、けっこう大船に乗った気分なんです。

まだ出来上がりは拝見していないのですが、笠井先生の香りたつような超美麗イラストが、話のほうのマズさとヤバさを覆い隠してくださるのでは、と本気で期待しております！

では。

皆様が、少しでもお楽しみくださいますように。

吉田珠姫　拝

吉田珠姫先生、笠井あゆみ先生へのお便り、
本作品に関するご意見、ご感想などは
〒101-8405
東京都千代田区三崎町2-18-11
二見書房　シャレード文庫
「誘春」係まで。

誘春
花丸ノベルズ『獣夏』収録「誘春」を大幅加筆修正
狂秋
書き下ろし
いつの日か、花の下で
小説花丸2002年初夏の号「いつの日か、花の下で」を大幅加筆修正

CHARADE BUNKO

誘春《ゆうしゅん》

【著者】吉田珠姫《よしだたまき》

【発行所】株式会社二見書房
東京都千代田区三崎町2-18-11
電話　03(3515)2311[営業]
　　　03(3515)2314[編集]
振替　00170-4-2639
【印刷】株式会社堀内印刷所
【製本】ナショナル製本協同組合

ISBN978-4-576-15021-5

http://charade.futami.co.jp/

吉田珠姫
みなみ恵夢
Black Opal
CHARADE BUNKO